开学第一课

依据国家教育部和中央电视台
联合主办的《开学第一课》活动
·················· "我爱你，中国！"主题拓展原创版 ··················

盼星星点亮回家的路

中央电视台《开学第一课》编写组 编

时代文艺出版社

图书在版编目（CIP）数据

盼星星点亮回家的路 ／中央电视台《开学第一课》编写组编.—2版.
—长春：时代文艺出版社，2016.1（2023.7重印）
（开学第一课）
ISBN 978-7-5387-4949-6

I. ①盼… II. ①中… III. ①中国文学—当代文学—作品综合集 IV. ①I217.1

中国版本图书馆CIP数据核字（2015）第257200号

出 品 人　陈　琛
责任编辑　余嘉莹
装帧设计　孙　利
排版制作　隋淑凤

盼星星点亮回家的路

中央电视台《开学第一课》编写组 编

出版发行／时代文艺出版社
地址／长春市福祉大路5788号　龙腾国际大厦A座15层　邮编／130118
总编办／0431-81629751　发行部／0431-81629755
官方微博／weibo.com／tlapress　天猫旗舰店／sdwycbsgf.tmall.com
印刷／北京市一鑫印务有限公司
开本／710mm×1000mm　1／16　字数／120千字　印张／12
版次／2016年1月第2版　印次／2023年7月第3次印刷　定价／36.00元

图书如有印装错误　请寄回印厂调换

敬启
　　书中某些作品因地址不详，未能与作者及时取得联系，在此深表歉意。敬请作者见到本书后，通过以下方式与我们联系，我们将按国家规定支付稿酬并赠送样书。
　　E-mail：azxz2011@yahoo.com.cn

《开学第一课》编委会

编委会主任：韩　青　许文广

主　编：许文广

副主编：卢小波

编　委：张雪梅　骆幼伟　张　燕　吴继红

　　　　若　安　段语涵　齐芮加　乔　枫

　　　　贾　翔　仝瑞芳　娅　鑫　徐　雄

　　　　李　君　古　靖　邓淑杰　李天卿

　　　　曾艳纯　郜玉乐　孟　婧

《开学第一课》的价值

有人问我，《开学第一课》的价值体现在什么地方？我认为最重要的就是全社会希望并通过我们传递出来的价值观。多元是时代进步的标志，我们尊重不同的声音和价值理念，但是作为教育部和中央电视台联手举办的一项公益活动，我们要传递的是主流的、与时俱进又符合中华文明传统的价值观。

在2008年，我们通过《开学第一课》传递了抗震精神和奥运精神；2009年正值新中国60周年华诞，我们在象征着民族精神的长城，为孩子们播撒下爱的种子；2010年，我们告诉孩子们，一个拥有梦想的民族，一个不断仰望星空的民族，就是拥有未来的民族，人生的每一个阶段都需要梦想的指引、坚持和探索，而每个人的梦想汇集起来就可能成为国家的梦想、民族的梦想。

举办《开学第一课》三年来，我个人也有一个梦想，我梦想这项目光远大、朝气蓬勃的公益活动能够坚持举办十年，让它给这一代孩子的成长提供正面的、积极向上的力量，这就是《开学第一课》的意义所在。

我希望全社会的力量汇集起来，给孩子们一种价值观的教育，中央电视台愿意承担使命，连同教育部把这项公益活动做好。我们也欢迎全社会各界积极参与、支持，从出版、纸媒、网络、志愿行动、慈善事业等各个方面，加入到这个追逐共同梦想、打造恒久价值的公益活动中来。

由此，我亦十分高兴地看到《开学第一课》系列丛书的出版，我相信时代文艺出版社正是基于我们共同的理想，以出版的力量为孩子们的未来创造了更丰富的阅读食粮，为《开学第一课》的精神理念提供了更多样的传递方式。

中央电视台 许文广

目 录

001

第三部分　有一种美丽叫迂回

第四部分　走过菩提

第五部分　爱是心与心的相通

第六部分　银镯的故事

第七部分　珍藏在心底的笛声

第八部分　享受自己的精彩

003

第九部分　蝴蝶在飞翔

第十部分　夏日的记忆

第一部分

星语星愿

　　父亲的衣衫紧贴在背上，映出棱角分明的"八"字——汗水湿透了衣衫。他停下来，回头望着我："走，回去歇口气，吃了晌饭再来。"说着，丢掉锄头，向装满洋芋的背篓走去。

　　他走到背篓跟前，尽力蹲下去，将两根竹篾系带艰难地套进僵直的肩膀，系带深深地勒进他的两肩，然后，他双手用力摁在地上，弓起身子努力前倾，可连续两次都没能站起来……

——吕瑞祥《背》

爷爷的二十六个伤疤

张鸣跃

爷爷七十岁时，已痴呆多年。他身上有许多伤疤，如今都留作了"纪念"：开山时砸下的，战争年代留下的，当警察时受伤的……

爷爷痴呆前从不露他的伤疤，那时只有奶奶知道他身上的这个秘密。奶奶常悄悄对我说那些往事，一个伤疤一个故事。奶奶说的时候，脸上有一种崇拜英雄般的红晕。奶奶说得多了，爸爸妈妈就腻烦了。爸妈他们最不爱听那些陈芝麻烂谷子的往事，就常把话题岔开。

自打爷爷得了脑血栓痴呆后，他开始炫耀起自己"光辉灿烂"的伤疤来，常露身裸腿跑里跑外，故意惹人看。奶奶一次又一次地拉他回家，就像训小孩子似的教育他。可爷爷只是憨憨地笑，有时还咧嘴哭。爸妈嫌丢人，叮嘱奶奶看紧爷爷，别让人看笑话。

我刚上初中，奶奶去世了。我不知道爸妈用了什么办法，爷爷从此不再露他的伤疤了，一次也不说了，也不傻笑了，大多时候只躲在角落里发呆。家里常常生些闲气，爸爸动不动就发脾气，妈妈也跟着吵闹，弄得居无安宁。

那天爸爸又开始发威了。我悄悄躲进爷爷的房间，惊讶地发现爷爷正端坐在奶奶的遗像前，光着膀子数自己身上的伤疤。爷爷看见我，就像做错了什么似的低下了头。

我心疼地看着爷爷的伤疤。我还是第一次看到爷爷有这么多的伤疤，密密麻麻，满身深深浅浅的蚯蚓似的痕迹，每个伤疤的形状和颜色都不同，凸起老高的，凹进去好深的，石头一样坚硬的，豆腐一样的稀软的，砸痕、枪伤、刀疤、烧疤、爪印，各种各样的杂伤。

我流泪了，说："爷爷，我帮你数数吧……"

爷爷被我轻轻地抚摸，好像感觉到一种意外的关切，羞笑了。

我数："一！二！三！四……"

数着数着，爷爷激动地哆嗦起来。那是爷爷心中难言的痛啊。

我数得很慢，抚摸一个数一个："十一！十二！十三！十四……"

爸爸妈妈不知什么时候悄悄到了跟前，叹了口气。

我说："奶奶说过，这些伤疤不能忘，忘了就不会过日子了。"

我说完继续数："二十一！二十二！二十三！二十四……"

数完了我对爷爷说："二十四个。"

爷爷大声地回道："不对，二十六个。"

我和爸妈都惊呆了，爷爷自从得病什么都记不清楚了，可对这身伤痕却记得如此准确！

我又仔细数了一遍，果然是二十六个。

爷爷笑了。

（指导教师：侯守斌）

003

第一部分　星语星愿

娘

马露

十五年前，娘生下了我。

十五年后，我长大了，娘却老了。

十五年来，娘从不曾真正休息过，她既要看着孩子，又要张罗整个家。

十五年来，我从不曾离开过娘，不曾离开过娘的关爱。

上小学时，我撒娇，每天让娘背我上学。我趴在她的背上，一边哼着曲儿，一边欣赏田园风光。早晨露水特别多，沾湿了娘的裤脚。尽管已是秋天，但娘似乎丝毫感觉不到寒意。每当看到公路上别的父母骑着自行车送小伙伴上学，娘的脸上总有一种难以捉摸的神情。

后来，我渐渐明白了那种神情所代表的含义。

春去秋来，很快到了插秧的时节，而娘的笑脸却日益减少，紧张的神情与日俱增。爹出远门了，农活自然压到了娘一个人身上。

那天正好是星期天，娘在田里插秧，我也在一旁帮忙。可是不久，我便感觉腿上吸附着什么东西。怀着不妙的预感，我抬起了脚，只见两条又肥又大的蚂蟥趴在我的腿上，我吓得几乎晕倒，立即大叫起来。走在前面的娘听到了我的叫声，赶紧在水田里一颠一簸地跑来……她毫无顾忌地用手拍去我腿上的蚂蟥。"别担心，戴上袖套。"说着，她脱下袖套，套在我的腿上。这时，我分明看见娘的胳膊上有蚂蟥吸过的痕迹。我正想说什么，可娘又干活去了。

不一会儿，天空变得灰沉沉的，突然，几滴雨点落下来，而且渐落渐大。我们还差一点点就大功告成了，所以娘想坚持插完。我极力劝娘回去："雨大，蚂蟥又多，明天再插吧！"可是娘说："儿呀，听话，咱家穷，请不起别人帮忙，再坚持一下吧！"从娘的眼神里，我看出了无奈，我知道那都是贫穷惹的祸。

上中学了，生活费一天比一天多，我实在不敢伸手向娘要钱。

"这个星期要多少？"娘一边吃饭一边问我。

"生活费、资料费再加上一些学习用品，一共是四十块。"我小心翼翼地说。娘没有说话，只是停了一下又继续吃饭。

第二天早晨，我正要上学，娘拿出四十块钱递给我："在学校一定要吃饱，别饿着了，该花钱时别舍不得，知道吗？"说完，就转身进房了。

我看着手中的钱，突然想起这是上个月娘给人家挑砖赚来的。顿时，手上的钱一下子变得好沉，好沉……

娘啊娘，忙了大半辈子的娘，穷了大半辈子的娘，何时，您才能好好享受一下生活呀！

作文获奖之后

李杭昱

　　我们学校举行一次作文竞赛，我获得了第一名。不久，老师便叫爸爸去了学校。原来，学校打算将我比赛的作文《爸爸，我想对你说》刊登在校刊《新蕾》上。但由于作文的内容是批评爸爸的，发表之前，学校想征求爸爸的意见。

　　中午，爸爸回来了。我忐忑不安地看着爸爸。他的表情怪怪的，让我无法猜测。

　　我们坐在餐桌前吃午饭。妈妈问我："那文章是写什么内容？"我不敢正眼看爸爸，壮着胆子对妈妈说："开头几段都是歌颂爸爸的，后几段批评爸爸的不是。"

　　"为什么不直接批评呢？他又不是老虎。是老虎也不怕，有我'武松'在！"妈妈为我打气壮胆。

　　我看了一眼爸爸，然后对妈妈说："你没看过医生给哭脸的小朋友打针吗？医生一边擦药，一边说'不痛不痛'，安慰一下，再把针扎进去。至于那个孩子是不是真的不疼呢，医生可就不管了。"

　　"疼是难免的。不过呢，打针对病是有益的。至于那个孩子还哭不哭，那是他自己的事，我们管不着。"妈妈说话的语气有些"坏坏的"，眼睛看着老爸。

　　"呃，我成了哭脸的孩子啦？你这孩子，真是欠扁。"爸爸扬手故作打人状。

　　"反对家庭暴力！"妈妈笑着急忙挡住爸爸。

　　我也高声嚷嚷："反对以大欺小！"

　　我和老妈团结起来，共同"斗争"老爸。没过几招，老爸就败下阵来，蔫蔫地坐在那儿。

"丫头，你的文章是怎样数落他的？"妈妈有些幸灾乐祸地问。

"第一点，他爱发脾气，喜怒无常。刚才还好好的，眉开眼笑春光明媚的样子，突然就晴天霹雳，让人难受！"

"太对了，一针见血。还有呢？"

"第二点，他明明知道抽烟损害健康，可还那么爱抽烟，一抽起来就没完没了。饭后抽烟危害最大，可他却说什么'饭后一支烟，快活似神仙'，真是不可理喻；第三点，玩电脑游戏没有一点节制，像个网瘾少年。"

我这一番话把爸爸说得脸上一阵青一阵红。妈妈却特高兴，连说："这样的文章好。要发表，一定要发表！这样他才长记性。"

"你……你是青春痘长在别人脸上——自己不着急！"老爸着急了，他的神情好无助，好可怜，也好可爱。

"是呀是呀，你是站着说话——不腰疼！"我为爸爸打抱不平。

"啊——你这么快就叛变了。好，你们——你们两个姓李的，竟然合伙来欺负我，我——我——我要回娘家告诉我妈妈去！呜呜……"说着说着，妈妈便用手背抹"泪"装哭。

"耶——"我和爸爸击掌庆祝。

然后，爸爸清了清嗓子，郑重地向我道起歉来："我平时犯了一些错，女儿批评的是，我保证今后一定改正。第一，不无缘无故地发脾气了，以后好好说话；第二，为了自己和家人的健康，我不会再凶狠地抽烟了，绝不把家里弄得乌烟瘴气；最后一点，我不会再废寝忘食地玩电脑游戏了，要学会打字，让电脑成为学习、工作的好帮手。大丈夫一言既出，驷马难追，请两位监督。丫头这篇文章，我同意刊登！"

"Oh，yeah！老爸，你真好！"我甜蜜地拥抱爸爸。

"老公，你好有绅士风度耶！"妈妈也甜蜜地拥抱爸爸。

于是我们三个人高兴地唱起了歌："你快乐吗？我很快乐……"

007

不懂的父亲

王希玲

静谧的夜空中偶有几颗孤零零的星星点缀着。我抬头望着那最亮的一颗星，不假思索地提起笔开始写父亲，这时才发现我和父亲竟是那样陌生，仿佛隔着一层无形的屏障，时有时无，笔间仿佛又多了一丝丝愁绪……

在家中我是最大的孩子，父母几乎将所有的希望都寄托在我的身上，希望我成为弟弟的榜样，于是对我的要求也就十分严格。

前几天，月考的成绩公布了，我沮丧地面对了失败。正好赶上清明节放假，我带着伤心回到家，想到那少得可怜的分数，想到又要面临一场劈头盖脸的指责，心头不禁微微一颤：已经初二了，难道就这样沉沦下去，依旧表现得无所谓吗？不，不能这样，不能……

清明节那天下雨了，空气犹如我的心一样湿漉漉的。一阵电话铃响起来，肯定是在外地打工的父亲打来的。起先我只当作没听见，因为我不敢面对这一切，我害怕面对父亲又一次语重心长的谈话，但最后我还是接起了电话。果然是父亲打来的，一切都如平常，父亲依旧是问，在家里过得怎么样，学校生活还习惯吗。我应声答着，总觉得逃不了要问成绩。父亲最终还是问了，我哽咽了一下，鼓起勇气，一一将事实都说了。父亲很平静，只说了一句：在学校要尽自己的努力，付出才能得到回报，不然到时候连后悔也来不及。

放下电话，一切都很安静，只有雨点不停地打着窗户。我走进书房翻找旧书，希望能找回些什么遗失的东西。忽然，我发现了一本很破旧几乎不成样的日记本，打开一看，里面的纸已经泛黄，还带着一种难闻的气味，是父亲的日记本。于是静下心来慢慢地看，我看到了这样一段文字：

我已经三十多岁了，女儿看起来还是那样的不懂事，对所有的事还是任性而为，让我操心不止。其实听到朋友说女儿像我，刚强坦荡，我感到很欣慰。但我又不希望她像我，因为我这个人太不容易让人接受，而且脾气太不合群，这些对于一个女孩子必然会有许多的不便。好在我还可以帮她把以后十年的路铺好，但她的命是好是恶，我作为父亲还是不知道，只知道铺好了路让她走，可以使她走得轻松些，不至于像我年轻时走了太多的弯路才有今天这个境况，但我只能铺路，她走不走，我强求不得……

读了这一段，泪水渐渐模糊了我的双眼，这一夜我失眠了，心很沉重。

父亲像一座山，岁月使他沧桑，而我就像山顶那最顽固的石头，顽固得不知天高地厚。

父亲啊，不知我还能被您呵护多久！

009

第一部分　星语星愿

站 起 来

周佳琳

现在，我的家庭只有两个人，我和妈妈。爸爸过世早，随着岁月的流逝，他的音容笑貌渐渐远去，但他刻在我心灵深处的三个字却永远不会磨灭。

在刚学走路的时候，我经常会摔倒，可近在咫尺的爸爸却从来不扶我一下。每次我都是哭啊哭啊，哭得眼睛都肿了，妈妈便对爸爸说一句："你倒是拉她一下呀！"可爸爸却总是说："自己站起来！"

我一年级的时候，爸爸带着我跑步。一次，我重心不稳，重重地摔在了地上，皮肤蹭破了，渗出斑斑血迹。爸爸停下来，却不来拉我，仍旧是一句："站起来！"我只好悻悻地爬起来，继续跟着他跑。

三年级时，我看见小朋友骑自行车，很是羡慕，便让爸爸也给我买了一辆。刚开始，我还不会控制平衡，"咚"的一声就摔在了地上。我摔痛了，不知道该怎么办，便用哀求的眼神看爸爸。爸爸却依然是一句："站起来！"

直到那一天，我永远无法忘记的那一天。爸爸走了。他面无血色地躺在那里。泪，再也止不住了。"啪嗒、啪嗒"落在地上，又好像打在心上，比针扎还疼。后来，一辆车把爸爸拉走了。我实在承受不住了，整个人瘫倒在马路上，哭喊着"爸爸，爸爸"。空气很湿，社区死寂，没有人发现我红着眼睛跪在那里。轻轻地，吹来一阵凉风。我头上的小白花也随风摇曳。背后传来脚步声，我回头一看，是妈妈。她带着哭腔，却忍住泪水坚定地对我说："站起来！"

"站起来！"这句话我等了好久，泪水更止不住了，我的心上好像被烙上了这句话。我擦干眼泪，使尽全身力气站起来，转过身对妈妈说："我会坚强的！""嗯！"妈妈的眼里闪着泪光，紧紧地把我搂住。

后来，有一天，一个同学问我："你认为什么是坚强？"我说："站起来。"她不解地看着我。我微笑地对她说："这是我爸爸留给我的——坚强。"我抬头望了望蓝天，仿佛看见爸爸正注视着我，对我说："站起来！"

爷爷的驼背

唐昭茜

爷爷家门口有一株引人注目的老樟树，虽历尽沧桑，垂垂老矣，但它躯干粗壮，枝繁叶茂，依然生机勃勃。由于几经雷电，它的树身向一侧倾斜后弯曲得几乎成弧形，仿佛在向人们鞠躬致意，大家亲切地称它为"歪脖老爷古樟"。

一年四季，"歪脖老爷古樟"总是奋力昂起它弯曲的头颅，伸出无数坚强的手臂悠然地迎向阳光。它的外形和精神可真像我那可敬可爱的驼背爷爷。

是的，我有一个像"歪脖老爷古樟"一样的驼背爷爷。

爷爷住在四周都是大山的深山窝里。爷爷今年七十多岁，个子高大，但背驼得厉害，弯曲得就像河上的拱桥，颈间的褐色皮肤上横着几条皱纹，清晰地暴出条条青筋。爷爷弯腰走路时步履沉重，轻易不笑。

"歪脖老爷古樟"是抗击雷电时负伤弯曲的，而爷爷的背是被一座座沉重的大山压弯的，爸爸这么告诉我。我将信将疑：难不成爷爷也曾有过孙悟空被压在五行山下的传奇经历？难道爷爷的背真的能托起大山？

于是我想验证一下。有一次，我让爷爷趴下，自己骑在爷爷背上。"驾……驾……驾……"我非常得意地学骑马。爷爷趴在地上绕了几圈后，气喘吁吁，大汗淋漓，但我还不肯罢休。这刚好被爸爸撞了个正着。爸爸急忙把我拽下。正在兴头上的我好委屈，抗议道："爷爷的背能托起大山，难道背不起小小的我？撒谎，骗人！"

谁知这话惹怒了爸爸，他一巴掌过来，我伤心地哭起来。爷爷忙帮我解围："不要难为茜崽，就让她骑个够嘛。"说完，爷爷又要往下趴，爸爸连忙制止了，二话没说把我拉入房间。只见爸爸打开一张"账单"：谷子：200斤；红薯：5000斤；柴草：10000斤；水3000斤；猪栏草、牛栏草：

10000斤；猪栏肥、牛栏肥：20000斤；建房用的基脚石：30000斤……

还没等爸爸列完，我已默算出那重量竟然有110000斤！爸爸说："这就是一年从爷爷背上滑过的重量，以此重量乘以70，是爷爷背上一生大概承受的重压。"七十个十多万，那不就是一座百万大山吗？我突然明白了：爷爷背上已承受得太多太多，爸爸是不愿让我再在爷爷的驼背上增加一丝一毫的重量啊。

百万大山并没有压垮爷爷，也没能让爷爷叫一声苦。

微驼的爷爷曾扛起他那已磨得光滑透亮的扁担，一头挑起爸爸的精神食粮——一个满满的书箱，一头挑起爸爸一个学期的生存食粮——80斤大米，叫爸爸背上鼓鼓的书包紧随其后，把爸爸从深山窝里挑了出来——爸爸骄傲地成了全村第一个大学生。

听爸爸说，当全村人在爷爷家门口放起震天响的鞭炮，欢送第一位大学生"入京"时，那热闹的场景让"歪脖老爷古樟"笑落了一地树叶，也让爷爷紧锁的眉头舒展开来。

再后来，爷爷又同样把我叔叔从深山窝里挑了出来。现在，爷爷又驼着背一步一步艰难却坚定地送我上下学，风雨无阻。

如今，那棵"歪脖老爷古樟"迎风傲立，枝干粗壮，营造出好大一片绿荫，常站在"歪脖老爷古樟"下歇凉的爷爷，背仿佛更驼了，却弯而不屈。爷爷驼背里蕴涵的坚韧已通过爸爸传承进了我的血液，它将永远催我奋进，激我前行，不管前行的路上有多少风雨，有几多挫折……

（指导教师：周运佳　唐万兵）

盼星星点亮回家的路

肖燕婷

　　天已拉上黑色的幕帘，严严实实的，连顽皮的星星也逃不出来。

　　电话里响起了"祝你平安"的歌声，可是无人接听。"你爸怎么不接电话呢？"妈妈很郁闷地说。我开导妈妈："也许爸爸正忙，没空接电话，也许正骑摩托，噪音太大，听不见响铃声，也许……""昨天这时候都回来了，今天怎么还不回来呢？"妈妈的话语中充满了担心和牵挂。

　　屋子里一下子显得特别寂静，仿佛听得见妈妈的心怦怦地跳。我打开了电视，妈妈一边看，一边织着毛衣。妈妈平时动作熟练而敏捷，今天是怎么了？时而停下来凝神谛听，时而动作迟缓小声叹息，时而责怪自己针线出错了。电视里正放着欢声笑语的节目，但我没有心思去看。爸爸踏着严霜去几十里外干活，霜花会染白他的头发，晚上摸黑回家，只盼星星点灯为他照亮回家的路。

　　过了一会儿，妈妈再拨打电话，却传来"嘟……嘟嘟……"的声音。妈妈皱起眉头："怎么打不通呢？"我安慰妈妈："也许爸爸就到家门口了。"妈妈将电视的声音调小，走到窗户前拉开窗帘向外望去。外面漆黑一团，不见半个人影，妈妈祈祷着："平安回来就好了。"妈妈一边织毛衣，一边自言自语地说："这个家全靠你爸撑着，耕田犁地、割麦插秧、施肥打花，你爸样样都行！冬闲人不闲，你爸早出晚归做手艺……"我的心里也不安起来。爸爸今天是怎么了？是活儿太多还要拖延一会儿？那就干脆明天再忙吧！是路途遥远？那也要算着时间在日落前回家呀！是身心疲惫？您的老病犯了干不了苦活儿，也别撑着，身体要紧呀……一股凉气袭上心头。

　　妈妈两眼呆滞地看着电视，身体不安地扭动着，手中的针线时织时停。忽然，从远处传来了摩托车的声音，那声音由远及近。我急忙起身走到窗前，只见灯光一闪就消失在黑夜里。我无力地坐在椅子上，妈妈眼睛明亮了一下又黯淡了。她失望地问："不是你爸?"我无精打采地点点头。

妈妈不时地向外张望，更担心爸爸了。突然，从远处再一次响起摩托车的声音，声音越来越近了，越来越清晰，并且还鸣了一声喇叭。妈妈站起来高兴地说："你爸回来了!"我飞快地跑到堂屋，急切地打开大门，为爸爸点起回家的电灯。天空中跑出几颗清冷的星星，寒夜里却不见爸爸的人影，我呆呆地站在门前明亮的灯光里。

这时，从门口的拖拉机阴影里跑出了一个高大的人影："婷婷——"
"爸爸!"我的泪珠跑了出来。

妈妈笑容满面地端来热气腾腾的一盆水，让爸爸洗洗风尘暖暖手。我忙着为爸爸盛饭，妈妈乐着为爸爸端菜。爸爸吃着白菜萝卜，脸上溢满了笑意。我又为爸爸端来一杯热茶，一股暖气弥漫在空气中，家是多么的温暖啊!

妈妈拿来快织好的毛衣，让爸爸张开双臂。妈妈轻轻地将毛衣贴在爸爸瘦弱的身上比长比短后，心疼地凝望着爸爸说："毛衣好像大了一点，你又瘦了。"爸爸笑着说："我还会长胖的，正好穿得上。"爸爸手捧着毛衣，笑容像花儿一样绽放。看着爸爸高兴的劲儿，我和妈妈"咻"的一声笑起来。笑声像春水一样荡漾着。寂静的夜晚，星星映着这一泓清波。

015

（指导教师：吴教铭　潘文平）

"狠心"的老妈

戴航宇

从小到大，看过的关于颂扬母爱的文章也不算少，但遗憾的是我很少产生共鸣，并非是我没用心去感受，而是现实中实在没什么值得我用心感受的。

五岁时，老妈就软硬兼施、威逼利诱让我独居一室。单纯的我爽快地答应了。但不久，依赖思想让我反悔了，任凭我"一哭二闹三上吊"，一把鼻涕一把泪地诉说一个人睡的"惨况"，老妈就是吃了秤砣铁了心。于是，老妈在我心中的形象便多了"狠心"二字。

广东的冬天虽然不如北方那般冷，但也够人受的。尽管里三层外三层地把自己裹成了一个大粽子，但风还是长了眼睛似的直往衣服里钻。出门时，门刚打开，我就打个寒战，不由自主地往后退几步。门外的风迫不及待地闯了进来，强盗似的乱窜。这时，老爸开口了："这么冷，我开车送你吧。"老爸的话好比是救命稻草让我眼前一亮，又似冬日的阳光，让我心里暖洋洋的。我正美滋滋地幻想着在小轿车中温暖如春的惬意，老妈冷若冰霜的声音响起："自己走到学校去。"呜呜呜，救命稻草没有了；呜呜呜，冬日的暖阳变成了"北风卷地百草折"；呜呜呜，温暖如春变成了寒风凛冽。

没办法，我只好深呼吸，拍拍胸脯告诉自己：我豁出去了。把眼睛一闭，心一横，大义凛然地冲出家门。可怜我的小脸，它招谁惹谁了竟要忍受这刀子般的风割来割去？可怜我的耳朵，它做错了什么竟要忍受这野蛮的风的挑衅？风啊风，我什么时候得罪你了，你干吗一个劲地阻止我前进的脚步？唉，都怪老妈太狠心了。

要说到老妈的狠心啊，那可是三天三夜也说不完！衣服要我自己洗，家务也分摊到我头上，自己步行上学，独自面对一个个难题……老妈，你太狠心了!

　　不过，因为老妈的狠心，我才养成了独立自主的性格，才能勇敢面对生活的挫折。有时，我也会想，不知老妈狠心的背后是否也有一份温柔的慈爱？

星语星愿

吴　迪

在我的记忆中，父亲是童年最好的玩伴，我们一起游公园，踢足球，一起放风筝，一起坐在阳台上，看夜空中稀疏的明星。父亲与快乐几乎每天陪伴在我身边。可是童年就像天空中的流星，转瞬即逝。不知不觉中我与繁忙的学业日日相伴，而父亲也为工作而操劳。这使我不再盼望双休日与父亲出去玩，也不会再肆意放弃晚间宝贵的时间与父亲看星星。我们正在因为年龄的变化而渐渐疏远。这是谁也不希望的，但也是无法避免的。

一天晚上，母亲有事不在家，只有我和父亲。吃过晚饭，我与父亲坐在沙发上聊天，无意中提到过去我们一起玩的情景，这些似乎触动了父亲。他犹豫了片刻，然后笑着对我说："走，咱们出去玩吧！"我不知道当时是什么感觉，但我却很干脆地答应了。放下繁重的功课，我与父亲走在街道上，天上挂着一弯明月，夜风拂过树叶，发出沙沙的响声。静谧的夜里，一切都很安逸。我和父亲漫无目的地走着，不知这样走了多久，眼前出现了社区的"儿童乐园"。里面早就没有了玩耍的孩子，我跟着父亲，不情愿地进入这里。我很奇怪父亲为什么要到这儿，父亲没说什么，只是看着儿童乐园中那些不知名的玩具器械。父亲向那边跑去，并回头示意让我也过来，于是我与父亲在这些本应属于童年记忆中的玩具上让快乐延续至今……

已经很晚了，我和父亲坐在秋千上，默默仰望着深邃的天空，看那明亮的星星。我脱口而出："如果每天这样多好啊！"我转过脸斜视父亲，惊奇地看到了闪烁在父亲眼底的泪光。我顿时明白：父亲又何尝不是这样想的呢？

我不禁对着星空许下心愿，希望世上的父子都能这样幸福，快乐！

为妈妈洗脚

张洪波

　　一年一度的三八妇女节就要到了，去礼品店为妈妈买礼物的同学络绎不绝。在我眼里，三八妇女节极为普通，因为我从来就没有为妈妈买过礼物，也从未向妈妈表达过自己的心意。三月七日的作文课上，老师宣布让我们为妈妈做一件好事。当时，我就想，是帮妈妈扫扫地，还是为妈妈做一顿可口的饭菜……然而老师的话却出乎我的意料——为妈妈洗脚。

　　回到家后，我的心跳得十分厉害。几次想张口，但话到嘴边又咽下。我怕说出来后妈妈会笑我。犹豫不决时，想起了妈妈日夜为我操劳，一把屎一把尿把我带大，如今，为妈妈洗一回脚都这么难，我还是个人吗？想到这，我鼓足勇气，对妈妈说："妈，今天我要为您洗脚。"妈妈不解地问："今天怎么了，咋想起给我洗脚了？"我得意地答道："今天是三八妇女节，我要送您一份特殊的礼物。"妈妈说："啥礼物，你今天怎么了？别闹了，我还有许多事要做呢。小兔还饿着呢。"我心中一颤，是啊，爸爸的下岗使我们的生活雪上加霜，不得已，妈妈养起了兔子。这样，家里才有一定的收入，使我的学业得以保障。既然妈妈有比洗脚更重要的事情，我还能说什么呢？我只好去写作业。

　　时间一分一秒地过去了，都十点多钟了，妈妈还没回屋。我走到院里，拉起正在忙碌的妈妈，强烈要求给她洗脚。妈妈却说："好孩子，我还忙，不用你了，一会儿我自己洗吧。"这怎么能行，我强迫妈妈回屋。她无奈地坐在椅子上，我轻轻为妈妈脱去鞋袜，天哪，那是怎样的一双脚啊，干燥、龟裂、肿胀……现在都是春天了，妈妈的脚竟还没有好，我有一种想流泪的感觉。抬头再看看妈妈，她的笑意中竟隐藏着一种焦急。我知道，妈妈还惦记着那些没吃饱的兔子。我不敢再浪费妈妈的时间，匆匆完成了老师留的作业。在我倒洗脚水的时候，妈妈穿上鞋袜，又去照料她的小兔了。望着妈妈的背影，我心里酸酸的、苦苦的……

  妈妈就是这样一个只会付出而不要求回报的人。虽然我的礼物没有使妈妈高兴，但我却更敬重我的妈妈。我要加倍努力，我要用我的实际行动来减轻妈妈的负担。

  妈妈，我爱你，您的汗水不会白流，儿子长大后，一定要让您过一个舒心幸福的晚年！

背

吕瑞祥

七月流火，大地一片炽热，植物的叶子都蔫下了头，无力地低垂着。空气中一丝风也没有，憋闷得让人喘不过气来。我蹲在父亲的背后，机械地往背篓里拣着洋芋……

烈日烤得我脑袋发胀，浑身燥热。我忍不住瞅一眼父亲：他低头挥起袖子擦了擦迷眼的汗水，仍旧抡起了锄头……

父亲的衣衫紧贴在背上，映出棱角分明的"八"字——汗水湿透了衣衫。他停下来，回头望着我："走，回去歇口气，吃了晌饭再来。"说着，丢掉锄头，向装满洋芋的背篓走去。

他走到背篓跟前，尽力蹲下去，将两根竹篾系带艰难地套进僵直的肩膀，系带深深地勒进他的两肩，然后，他双手用力摁在地上，弓起身子努力前倾，可连续两次都没能站起来。我连忙过去加把劲儿，折腾了两三次，父亲才背着一篓洋芋站直了身子，但两脚有些不稳，一步，两步，总算稳了。父亲挪着沉重的脚步，蹒跚地走了。

我忙扛起锄，快步撵上去。望着父亲日益憔悴的身影，我心里像潮水一样涌过一阵酸痛，泪水湿润了我的眼睛，望着父亲未老先衰的斑白头发，藏在我心底的隐衷再一次浮上来。

唉，还是退学吧！母亲多病加上我和两个妹妹上学，一家人的重担全压在父亲肩上——在我们这个经济落后的闭塞山区支撑这个家是多么不易啊！可是，父亲把满心的希望都寄托在我身上。我该怎么办？

我知道父亲为了我能安心读书，不辞劳苦辛勤耕耘于贫瘠的土地上，为了补贴家用，风里泥里做一点微利的生意，家中年年入不敷出。想到这些，我湿润的眼睛，越来越模糊了。

父亲仍然在前面走着，身子晃了一晃，似乎要倾倒，我忙扔了锄头，跑上前去，"爸，让我来！"他望着我舒心地笑道："没事！"其实父亲知道沉重的背篓我根本背不动。

刚走出十来步，父亲又一个趔趄，险些跌倒，踉跄几步才站稳。我还未及上前，父亲似自语又像对我说："路太滑了！"

回到家里，父亲已疲惫不堪——半天的劳累使他喘不过气来，但他却竭力在我面前装出一副轻松的样子。我似乎感觉到，有一种无形的重担压在自己的肩上。我暗下决心：要用父亲期望的那种方式背起自己的"重担"。

（指导教师：王远国）

爸爸参加家长会

梁 玉

唉！不怨天，不怨地，只怨自己不争气！成绩下滑，先前的兴头，这下子恐怕也要一落千丈。

今天要开家长会，老爸正在镜子前眉飞色舞呢。我不禁暗暗感慨：这可怜的人被我蒙骗了，但愿他事后不会对我怒发冲冠。看样子爸爸对这次家长会兴致极高，大概又是抱了什么憧憬吧。

"丫头！"

"啊？谁，谁叫我？"我张皇起来，生怕又被老爸问起考试成绩。

"你装什么傻呀，老实在家等爸回来。"爸爸哼着小曲悠闲地走出了家门。

天啊，真不知道那两个小时我是怎么熬过来的，每当想起老爸那许久没用的五指煽红，我的心就一阵紧似一阵，呼吸时时感到窒息，似乎空气在凝固和压缩。

023

我一遍又一遍地琢磨着生硬的检讨词，祈祷着上苍会为我带来奇迹。

"砰，砰，砰！"屋外传来了犹如死亡通告般的敲门声。我鼓起十二分勇气打开了门，情不自禁地瞄了老爸一眼，却恰逢老爸投来严厉的目光，我霎时间像被电击似的震动了一下。

"爸——爸你回来了！"

爸爸沉默不语，把考试卷和名次单狠狠地摔在桌上，脸上阴云密布。

"自己说，考第几？"爸爸横眉立目地说。

"第九。"我喃喃地说。

"上学期？"

"第三。"

"后退原因？"

"平日贪玩，自以为是，复习不够，不知进取。"

"该不该打？"

"不该。"

"什么？再说一遍！"

"我是说，思想教育就够了，我能自我教育，再说现在不是主张发扬社会主义人道精神吗？"

"还什么人道，谁教你这么贫，我可没工夫跟你瞎侃，严肃点儿。"

"我错了，爸。"

"算了，金无足赤，人无完人，犯点错误也是难免的，这次就算给你个教训，爸也理解你的苦处，假期努力吧，虽然今天爸没有以前在家长会上的风光，但爸爸相信你会迎头赶上的！"

我的心被爸爸的言语猛烈震动了，层层懊悔也在心中此起彼伏。我后悔，后悔没有好好复习；我后悔，后悔没能拿回好成绩；我后悔，后悔当时对爸爸的无礼……今晚我平生第一次看见爸爸抽烟，他紧锁双眉时的模样又一次激起我心中的波澜。爸爸是个要强的男子汉，他认为自己的女儿应该是最优秀的，而在家长会上面对强烈的对比，我的成绩平平却又如此令他心寒。

放心吧老爸，当您下次参加家长会时，您最优秀的女儿，一定会为您赢来赞语的。

暖暖亲情

匡振宇

漆黑的夜晚，刺眼的灯下，我还在疲惫不堪地做着作业。

夜深了。父母加班还没回来，只留下孤独的我。楼上的几户人家，电视闹哄哄的，很烦人，却又让我很羡慕。

突然，停电了。灯无情地熄灭了，一片漆黑；楼上的电视也突然失了声，只听见抱怨声和惊恐的尖叫。突然的黑暗让我的双眼一阵晕眩，模糊了好久，才渐渐地恢复。台灯还残留着一丝微亮，浅紫色的暗影像鬼魅的眼睛，很恐怖。我扔下手中的笔，摸出房门，找到一支蜡烛。点上，烛光立刻照亮了房间。那光芒暖暖的，软软的，轻轻地跳跃着，把我的影子映在墙壁上。

周围一片寂静，偶尔几阵狂风，令我感到毛骨悚然；几声莫名的犬吠也让我的心猛地撞在嗓子眼上，生疼生疼。我躲在蜡烛的光芒里，孤寂和恐惧涌上心头。如果父母都在家，该有多好……睡意渐渐袭来，恍惚间，记起了一个冬夜……

025

那个夜晚，很冷，很安静，虽然家里停电了，但我丝毫不觉得孤独，因为有父母在。昏黄的烛光下，我们坐在桌子旁，什么也不做，只是开心地说着话，连蜡烛也好像被感染了，烛焰随着我们的笑声一跳一跳的。天气很冷，可我却感到无比温暖。终于，灯亮了，蜡烛在开心的气息中熄灭了。那个夜晚，我感到满足。

可今晚……

时间一分一秒地流逝，我缩在椅子上，渐渐地睡着了。梦中，那么明亮，那么温暖。"咔嗒"，一声熟悉的开门声传入耳中，我清醒了一下，是他们回来了吗？我欣喜地侧耳倾听，可那声音仿佛又消失了……我的心又猛地坠下悬崖，浸没在黑暗的深渊里。

突然，门"吱"的一声，开了。我一激灵，连忙起身端起蜡烛走过去……

灯，终于又明了。

有父母的陪伴，总是温暖。

（指导教师：张玲）

外公的"火摇子"

牛佳舒

盛夏的夜，沉闷得令人窒息。被一只讨厌的蚊子惊扰了睡意的我，静静地躺着。马路对面商铺的五彩霓虹，透过窗帘，隐隐地在眼前跳跃、闪烁，久久地吸引着我的眼球。渐渐地，我眼花缭乱起来，脑海中完全被那点点闪烁的光所占据……

那是什么地方呀，那么熟悉而亲切，却恍若隔世般邈远？

心幕缓缓开启，那点点荧光变得柔和而温暖起来，一缕缕淡蓝色的烟雾袅袅升腾，烟雾中，一张慈祥的面孔渐渐清晰地浮出——外公，我亲亲的外公，手里摇着他的"火摇子"，嘴里叼着烟锅子，悠悠然冲我笑呢。

我还是那个扎着两条"天不揪"小辫儿的顽皮小丫头吧，揉着惺忪的睡眼娇嗔："外公你又把我呛醒啦！"

外公便忙乱起来，一手扔下他的"火摇子"，一手在炕沿上"噔噔"地磕净他的烟锅子，嘴里念念有词："火摇子，熏蚊子，摇一摇，睡觉觉，睡觉不怕蹬被子……"于是，在这温柔的旋律和氤氲的香气中，我果然蹬了被子睡去，睡得安稳，香甜。

在蚊香早已普及的年代里，外公仍固执地认为他的"火摇子"才是"绿色"、"无毒"的天然驱蚊草。每到蚊虫肆虐的夏夜，他总是坐在我的身旁，轻轻摇啊摇，摇出点点璀璨的火星，摇出缕缕幽幽的清香，摇出我童年甜甜的梦境……

可惜我那时太小了，只知道玩。采蒿归来是极有趣的事。乡间的小道上，两旁是浓密的树荫和无边的玉米地，外公背着蒿，我坐在柔软清香的蒿上，晃晃悠悠，一会儿牵牵绿柳的纤手，一会儿逗逗扑面而来的蝴蝶，舒适而惬意。而最有趣的，却是坐在外公怀里，看他编"火摇子"了。瓦蓝瓦蓝的天空下，一绺一绺剪切得粗细均匀的艾蒿，随着外公手指的转动上下翻飞，那是天下最美的舞蹈吧？连蜜蜂都和着节拍嗡嗡欢闹呢。

外公自编的儿歌又一次回荡在耳边了，火摇子的清香又一次扑进我心中了；那歌声清晰而恍惚，那香气悠远而绵长……我擦一把不知不觉已是满脸的泪水，贪婪地吮吸着那淡如丝缕的香气，满足而无忧地睡去。

啊，外公的火摇子，我的守护神！

听妈妈的谚语成长

王　琼

　　妈妈是一个农村妇女，只有小学文化，可她的大脑简直就是一个谚语"集装箱"……

　　我和妹妹都是女孩，奶奶执意要一个孙子。妈妈知道奶奶的意思，"养儿防老，积谷防荒"，拗不过她。宝贝弟弟是降生了，但加上爸爸生病不能干重活，我们家的生活水平随之降到"温饱线"。妈妈起早贪黑地操持着我们这个家。

　　上一年级了，当看到别的同学早上吃蛋炒饭上学，而我只能喝稀饭时，我很是羡慕，回家就和妈妈吵闹。她打趣道："吃稀饭要搅，走溜路要跑。"逗得我哈哈大笑，饭也吃得香了。妈妈很会料理，我们家吃不起排骨汤，她就给我们煮萝卜汤，汤也特别鲜美，她还告诉我们"吃饭多喝汤，老了不受伤"。在妈妈的谚语中，我们也不觉得辛苦了，谚语使我们的生活变得有滋有味。

　　读三年级时，有一次在班里我与同桌发生了矛盾，年少好胜的我竟然和同桌"君子动口"，在教室相互骂起来，闹得沸沸扬扬。这事传到妈妈的耳边，她狠狠地批评了我："舌头不是钢，一动把人伤。"她告诉我应该与同学和睦相处才对，应该"大事化小，小事化了"，一席话说得我心服口服。

　　妈妈在生活中不拘小节，但在学习上对我一直没有放松要求。她最常说的就是"宝剑不磨要生锈，人不学习要落后"。她还要我一定完成当日的功课，不可延误，"今日事，今日毕"。她也教我做人的道理，"吃饭要让，干活要抢"、"吃亏不算傻，让人不算呆"。她的"人要脸，树要皮"催我奋进，她的"吃菜吃心儿，听话听音儿"教我成熟……人都说"穷人的孩子早当家"，在妈妈的谚语中，我懂得了比同龄人更多的东西。

我现在已经上初中了，对妈妈的谚语有着更深的理解。她的谚语中包含了一位母亲对子女无尽的爱啊。通过这些谚语，妈妈把她的智慧与爱无私地给了我们。

在成长的路上，我聆听着妈妈的谚语，享受着别样的母爱！

生命并没有结束

佚 名

三舅其实不是亲的，和妈妈同村同姓同辈而已，在自家排行老三，妈妈便让我喊他三舅。

第一次来北京打工，我家就成了他的落脚点。第一次见他时是在假期，印象特别深刻。五十多岁的样子，身材虽很高大，但和土不土洋不洋的小平头、贼亮亮细眯眯的小眼睛有些不大搭调。穿着还算体面，可黑黄黑黄的皮肤散发出的汗臭味或是泥土味或是火车厢味实在让我望而却步、闻而息鼻。碍于面子而且又听妈妈说姥爷在老家时都是他给照顾的，我便到客厅礼节性地打个招呼就匆匆回到了自己的卧室——打招呼也没有喊他三舅，就是笑了一下而已。

在卧室里仍然听得见他和爸爸的高谈阔论。其实也没有什么，无非是农田耕种都是机械化了，闲不住想来城里找点事做，自己什么活都干得，能吃苦之类的自报家门，因嗓门大，声音震得房子都有回声，我只得用"高谈阔论"来形容了。

一起吃午饭的时候他还在滔滔不绝地说现在农村可好了，诚挚地邀请爸爸妈妈和我有时间去农村玩去。我暗想：农村好干吗自己还跑到城市里来呢！吃饭间听他一个劲地喊爸爸、妈妈"姐夫"、"姐姐"，我心生纳闷，小声问妈妈才知道他还不到四十岁。真有些出乎我的意料。

从他的话里得知，他有一个和我年龄相仿的女儿，也在老家读书，而且成绩非常好，言谈间还可见他的喜悦。当着我的面说别的女孩好，我自是没有心情听了，本也就没说几句话，匆匆吃完就回自己卧室了。

下午出去他就在一个工地上找到了活。爸爸劝他多考虑几家，先在我家住着，不急着上班。他不肯，说活还可以，能做，而且一个月上满了，能拿一千呢。晚上他就带着铺盖要去工地，妈妈挽留他在家里住，他憨厚地笑笑，说自己身上脏，在工地上住好些。妈妈嫌他见外，我倒觉得他直爽、实在。

就这样算是安顿下来了，也就真的一个月没有见他来过。

又见他便是拿了好多礼物过来。穿着刚洗的衣服，头发和胡须都刚刚理过，身上也好像用香皂刚刚泡过，还散发着那种淡淡的香皂味。礼物中有给我的一件，是让我有些吃惊的MP3。他一边解释一边又出示了另外一个一模一样的，说女儿肯定喜欢，现在城里孩子流行听这个，就买了两个，一个给我，一个寄回家去。我不知该说什么好，我虽已有一个，但这可是别人送的，我当然高兴地收下了，他也很开心，爸爸妈妈只得替我向他连连道谢。然而我却没有想他每天十二个小时的工，一个月才挣一千元钱的辛苦。这是后来想到的，但却已经晚了。

因为一开学，我就把他忘记了。MP3虽然听着，但只记得里面的旋律，却没有细品那旋律里面的三舅的血汗和真诚。

就在昨天，我们都去了他的工地，但只是向他诀别，不过最后一面是无缘再见了，因为他——我的三舅的面部已模糊得无法辨认了，加班加点做工的三舅从工地上高高的塔吊上面摔了下来，摔得我的心异常的疼痛，我的那个还不知道噩耗的表妹的心一定也会异常疼痛！

我叫一声三舅，他恐怕永远无法听见了，但我相信他将永远活在我的心中，他的"生命"并没有结束！

脚踏大地

赵 遐

大地承载了无数的汗水与泪水。脚踏一方土，我心中便会涌现那些往事，涌现那份思念与企盼……

"明月几时有，把酒问青天，不知天上宫阙，今夕是何年……"都说月亮能够寄托思念，它是否也能传达我心中的那份思念？

依稀记得，刚上小学时，一场脑炎几乎让我与死神为伴。您日日夜夜伏在病床前，精心地照料着我；您时时刻刻关注着我，每天您的心与我的心一起跳动。最后，您终于感动了上苍，我回来了！

依稀记得，那天太多的作业让我夜战至凌晨，我不知不觉地进入了梦乡。醒来后，蓦地觉得身上暖呼呼的，原来，您的大衣已经伏在了我的身上。

033

依稀记得，我九岁那年，您拖着厚重的行李箱，踏上远去的列车，临走时，您蹲下身，抚着我的头，转身时我分明看到您眼角的泪水。那时我还不太懂得大人的事，只是感觉到离别的痛，飞奔向您，拽着您的衣服，可您还是甩开了我，毅然决然地走了。我哭喊着，哭累了，趴在马路上，最后被姐姐搀扶着回家……

如今，我已长大，我感觉到您当时是多么的不舍和不愿离开我。每当您来看我的时候，我都是那样的高兴以至欢呼雀跃，大地也仿佛感受到了我的欢乐，阳光照在身上感觉格外温暖。可您为了不让我们伤心，总在晚上离开。可是您知道吗？每当您走时，我只能躲在门后目送您，那晚的月亮也黯淡了，我比任何时候都要痛苦和忧伤……

妈妈，如今女儿已经长大，变得坚强，不再是那个只会哭的小女孩了，因为我曾经答应您，不做一个软弱的人，如今女儿已经做到……妈，咱们来约定，您想女儿时就看看月亮，看看大地的万物，女儿会感受到您的关心的。

如今，春暖花开，万物复苏。大地孕育了万物，承载着无数的欢笑和泪水，同时也承载着思念与企盼；大地是地平线，划开了黎明与黑夜……

脚踏大地也感到几分暖意。您是否感受到在这温暖的大地上始终有女儿关心着您，思念着您，企盼着您的归来。妈妈，您归来之时，大地万物将会是一片欣欣向荣……

脚踏一方土，感到无比的踏实，希望永存，信念不失。

脚踏大地，等待母爱的归来。

彼 岸 花

朱伊宁

相传只开在忘川彼岸妖娆的彼岸花，仿佛是吸取了过路灵魂的鲜红，令人不敢直视。花语是"悲伤的回忆"的彼岸花，残酷但美丽，在通往轮回之路上摇曳着，摇曳着。

还记得家里有个金鱼缸，金鱼的红色尾巴在水中摇摆，仿佛是从舞女手中截下了一块红绸子，自己活了起来。看着那摇头摆尾吐着气泡的金鱼，我感到如同过年般的欢乐。但几天后，那透明的鱼缸里只剩下小小的尸体，曾经黑亮的大眼睛浑浊了，积满了来不及流下的泪水。爸爸说，金鱼会穿过开满彼岸花的轮回之路找到自己的家。于是我把它埋在花盆里，秋海棠那粉红的花瓣飘落，盖住了那小小一块翻动过的泥土。

"我们回老家吧。"爸爸站在阳台门口对我说。那潺潺的溪水，金黄色的秸秆，敦敦实实的磨盘，脸上的皱纹笑得皱成一团的爷爷一点点浮现在我的脑海，我初次品味死亡的心情很快就被那一阵阵的喜悦打断，却忽视了爸爸此时的表情。

还是和过去一样的老屋，磨盘还是安安静静地坐在门前，那粗糙的表面就像爷爷褶皱的额头，虽不好看却倍感亲切。老屋的门掩着，我吸吸鼻子，却闻不到那熟悉的老人的气味。"爷爷呢？"我问爸爸。

爸爸没有说什么，只是把我抱到放磨盘的架子上。我透过窗子往里看，看到爷爷躺在床上，干瘦的身体好像被人踩过的秸秆，没有一丝光泽的眼睛和我几天前埋掉的金鱼眼睛很像，只是沉沉地望着窗外，仿佛生命的烛火即将熄灭。阳光透过窗格，打在床边，有灰尘在空中战栗。周围很吵，大人们都在忙自己的事情，而我只觉得周围死一般的寂静。我看到爸爸走进屋里，他和爷爷说了什么，爷爷的嘴张张合合，却听不到一点声音，就像金鱼在水中茫然地吐着气泡。屋里很暗，我看不清他们的表情，只觉得似乎有一张旧

035

唱片在播放，粗糙，沙哑。

　　磨盘还是沉静地坐在那里。爸爸一转身，出来了，我于是看到他红红的眼圈。我知道，爷爷走了，和我那金鱼去了同一个地方，他再也不会回来推磨盘了。明明只是初秋，却觉得有点冷。曾经爸爸口中的彼岸花，竟像真的一样出现在我的眼前，卷曲妖娆的花瓣开得正艳，被风吹得一抖一抖。

　　我知道，彼岸花开了，我的生活已不再是童话。

（指导教师：陈元贤）

第二部分

谁不说咱家乡好

　　我的家乡的确是天堂。蔚蓝的天空中飘着一朵朵柔软似棉的白云。白云下面飞翔着一只只展翅的雄鹰。在广袤无垠的草原上流动着一条条哈达般的泉水，泉水清澈见底，流向东方。在泉水不远处点缀着三两顶帐篷，帐篷的周围都开满了各种有名字的、没有名字的鲜花，争相展示着自己艳丽的色彩。帐篷里忠厚老实的阿爸品着一杯又一杯的青稞酒，慈祥善良的阿妈喝着又香又甜的酥油茶。小河边一群群的牦牛、马、绵羊吃着青草，喝着泉水。还有一群又一群的小羊羔、小马驹、小牛犊蹦着、跳着、叫着、喊着，真让人欢乐极了。

——格桑占堆（藏族）《可爱的家乡》

家乡的九九香会

刘小超

堵车了。

车夹着人，人挤着车，循着这条弯曲瘦狭的山路，直通一个山坳。山坳里，几个大气球鲜亮的色彩连同新建的山门楼那古朴，一同在小镇人心里营造着新鲜感，化为一种节日特有的喜庆气儿。

"走哟！走哟！"喊声里没有一丝急躁。是啊，急什么呢？几乎都是来自本镇的这伙人心里清楚得很：一条山坳，细细抖落筛翻一遍，一天的时间也是绝对宽松的呀！而且，没了这人流，这山跟平日荷锨扛锄而来的所见又有什么两样呢？

是啊！不是冲着这一点，他们还用早早地说着、盼着、打算着这次小小的山会吗？

你看，远远的，清秀俊俏的姑娘来了，虎虎生气的后生来了；脸膛红褐的老者来了，破损的"大轮"车把上挂个小马扎，也挂了喜悦；胖胖瘦瘦的老嫂来了，整齐的对襟褂、光滑的发髻神采飞扬。三轮车、摩托车、小轿车纷至沓来，队伍继续增大。要知道，这可是一次"全员"盛会，全镇的人，无论地位高低、路途远近，都有可能在这里露脸。庄稼人洗净肌肤纹路里的泥渍，刚买的新衣服要穿上，新找的俊媳妇要带上，场面人更场面，气派人更气派……人们喧哗着，招呼着，顾盼着……

路两旁，不算齐整的梯田旮旯里、杂草中、斜坡上，柿子树正叶绿果红，衬上虬曲黢黑的枝干、洒脱的树形，或一棵两棵，或三五成林，不经意间已自成规模，成了漫山的裙带，片片的林海，引着你的视线，心情渐渐散漫、开阔，为胸腹里那支喧哗的队伍铺衬了最华贵的背景，拓开了山里人最大气的一笔！

大自然最绝妙之处，在于它能于不落痕迹间美到极致！

有几辆大卡车挤下来了，车斗里满满的人，都是些上了年纪的。这是专程来烧香拜佛的，完了事儿就赶紧往回赶。我知道，他们不是最早的，也不是最虔诚的。我曾见过这样一幕：星亮月白，暮色未尽。长长的路面上远远近近挪动着三三两两的黑点。近了，那都是些老太太。老得皱褶掩盖了眉眼，老得头发无法拢在一起，却带了那个年代特有的小脚，一步一步，挪得认真。她们从东、西、北三个方向，向南走来，向那条山坳走来，只为了来叩个头，祈福求安。我也曾见一个老太太，跪在粗陋的泥塑菩萨像前，从大儿到二儿，从小儿到长孙，一个一个历数……足足四十来分钟。等在后面的众人听得是从烦到奇、从奇到唏嘘感叹，满屋里都是凝重肃然……

小小的山会拥着年轻人的热闹和朝气，又裹挟着几分神秘、丰富和厚重，也因此多了几分精神气儿。

我从此不能轻忘我的家乡，还有家乡的九九香会！

039

第二部分 谁不说咱家乡好

可爱的家乡

格桑占堆（藏族）

　　来自雪域高原的我是一个帐篷里出生、马背上长大的牧民孩子，几年前，来到了这座繁华美丽的文明古城——太原上学。离家久了，难免会时刻想起那片可爱的土地，想起我那美丽的故乡，每当此时，我的心就醉了。

　　我的家乡的确是天堂。蔚蓝的天空中飘着一朵朵柔软似棉的白云。白云下面飞翔着一只只展翅的雄鹰。在广袤无垠的草原上流动着一条条哈达般的泉水，泉水清澈见底，流向东方。在泉水不远处点缀着三两顶帐篷，帐篷的周围都开满了各种有名字的、没有名字的鲜花，争相展示着自己艳丽的色彩。帐篷里忠厚老实的阿爸品着一杯又一杯的青稞酒，慈祥善良的阿妈喝着又香又甜的酥油茶。小河边一群群的牦牛、马、绵羊吃着青草，喝着泉水。还有一群又一群的小羊羔、小马驹、小牛犊蹦着、跳着、叫着、喊着，真让人欢乐极了。

　　年轻力壮的小伙子们骑着骏马在草原上驰骋。他们个个都精神饱满，英俊潇洒。美丽的草原姑娘抑制不住内心的激情，唱出了草原牧民的歌曲："啊布呀……美丽的草原是我成长的摇篮，我愿草原永远辽阔，天空永远蔚蓝，生活永远充满欢乐……"

　　每当升起那火红的太阳时，金色的阳光照在雪山上，闪出耀眼的金光，雪山显得更加雄伟。每当下起那洁白的雪花时，草原变成一片银白色的世界，格外辽阔。夜幕降临，东方山顶升起了皎洁的月亮，极目远望，一座座山峰相连着，相连着……和着柔柔的月光，显得壮美无比。

　　哦！我的故乡，我的家！你是多么令人迷醉！辽阔的草原、巍峨的雪山透视着你博大的胸怀；奔腾的骏马、振翅的雄鹰，体现了你的英武与强悍；鲜花、碧草、白云、泉水将你装扮得艳丽无比、生动无比。青山顶上传来嘹亮悦耳的歌声。古老的民族啊！我看见了，我又看见了一座又一座的山，一座又一座的山川相连。一片碧绿的草原上洒满了珍珠般的羊群，万里无云的蓝天下旋转着古老的歌舞。那是我的故乡，那是我的家。

　　如果你到那里来，巍峨的雪山为你壮胆，清澈的江水为你解渴，草原使你心胸开阔，牛羊使你格外欢乐。来吧！远方的客人，请到我的故乡来做客。献上洁白的哈达，敬一杯香甜的奶茶，陶醉在这青稞的酒香里，陶醉在美不胜收的景色里。

第二部分　谁不说咱家乡好

故乡的"百里杜鹃"

王君昱

　　提起贵州，黄果树瀑布的雄伟壮观家喻户晓，安顺龙宫的神秘莫测也闻名遐迩。但我的故乡贵州黔西"百里杜鹃"的奇特风景却鲜为人知。

　　关于"百里杜鹃"的形成，还有一个美丽的传说呢。相传很久以前，一位苗族少年与一位苗家姑娘相爱了。但"天有不测风云"，不久小伙子便得了一种不治之症，眼看就要撒手人寰，姑娘伤心极了。小伙子说他想看杜鹃花，于是姑娘便在他家门前夜以继日地种植杜鹃花给小伙子观赏。杜鹃花越种越多，终于，苍天不负苦心人，小伙子的病奇迹般的好了。因此也就有了"百里杜鹃"。当然，这只是一个美丽的传说。"百里杜鹃"并非人为，而是大自然的杰作。"百里杜鹃"约有五十公里长，这里天然形成的杜鹃花的品种繁多，有白佳人、皇冠、清玉等著名品种。

　　孟春时节，是杜鹃花开得最多最艳的时候。来到山坡上，放眼望去，那漫山遍野的杜鹃花便跃入眼帘。五彩缤纷，像织锦那么绵延。像迷人的彩霞那么无边，像天空中的彩虹那么绚烂。漫天铺地，一眼望不到尽头，"百里杜鹃"果然名不虚传。看，那霞光掩映的山峰被密密层层的杜鹃覆盖着，像一个身披彩色盛装的少女。阳光斜射着，杜鹃林一半儿明，一半儿暗。瞧去，就像一件黄黑相间的条纹布，那条纹布还会变戏法呢。只见那黄色一点点朝四面八方扩展，渐次吞没了黑色。下了山坡，踏着软绵绵的青草，我在杜鹃林里徜徉。花可真多呀，大多是重瓣的。红的像火，粉的像霞，白的像雪，簇簇层层缀满了枝头。那朵朵绽开的花朵被阳光镀上了一圈好看的金边，花瓣上还镶嵌着晶莹透亮的珍珠呢。花儿们纷纷探着脑袋，像在向人们表示欢迎。

　　微风一吹，树枝轻轻摇摆，花儿们你碰我，我碰你，发出悦耳的"簌簌"声。一股淡雅的清香也扑鼻而来，令人神清气爽，心旷神怡。啊，杜鹃花，你真好，时刻打扮着故乡的春天。

　　我钟情于故乡的"百里杜鹃"，我为故乡有这样的奇观而感到自豪！可是，我又为她默默地开放而遗憾。我希望有更多的人了解"百里杜鹃"，有更多的人看到这一奇观！

（指导教师：肖学庄）

043

第二部分　谁不说咱家乡好

家乡的竹林

朱 亮

老屋后面有一片竹林，一年四季都有着令人陶醉的美。

冬天的竹林令人遐想。漫步竹林中，脚下踩着不知积了多久的竹叶，感觉软绵绵的好像踩在一条棉被上，很是舒服。走着走着碰到几只正在刨坑的鸡，它们或用嘴啄，或用爪子刨，总会弄出一个坑然后蹲在里面。当门前的梧桐树落下最后一片树叶，皑皑白雪往往趁人们熟睡时悄悄来临。等早上人们醒来，竹林早换上了银装！竹叶被雪压得发出沉重的喘息声，觉得太累时，"扑哧"一扭身就将身上的积雪甩落下来。沿着小路进入竹林，你总会发现各种动物留下的痕迹。也许附近的猫儿在这里戏耍过，或许是竹枝上的鸟儿下来歇过脚……脚印形状各异、精致优美，仔细看，真像艺术家留下的佳作，那样耐人寻味。

不知不觉间，和煦的春光照进了竹林，竹子的枝梢上不时会有鸟儿落下来，它们站在枝头时而低头梳理羽毛，时而欢快地鸣叫几声，时而抬起头警惕地注视着林外。一场春雨过后，埋在土里的竹笋如酣睡的婴儿睁开了朦胧的双眼。也许是感到周围太黑了吧，它们用尖尖的芽头顶破泥土，张开眼左右瞧一瞧，然后才放心来到这个世界。走进竹林，你不由得就会惊讶，昨天还徘徊驻足的地方一转眼竟冒出三五个竹笋，嫩嫩的，水水的。这样过了几天，竹林里就满是大大小小的竹笋了。看着它们在晨露晚风中潜滋暗长，你不得不惊叹生命的美丽。

滚滚雷声夹杂着雨滴告诉世人——夏天来了。闷热的天气压得万物喘不过气来，门前的河流慵懒地流着，翠绿的杨柳叶也像烤焦了似的耷拉着头。此时的竹林却是另一番景象：密密的竹叶遮住阳光，林地上沉积了不知多久的竹叶正散发着水气。偶尔枝梢上有鸟儿拍翅飞走，发出细微的声响。这里有一种外面没有的静谧，让人心旷神怡。

秋，是一个肃杀的季节，但竹林里的秋天却不会如此清冷。走进竹林，我闭上眼也能想象竹叶在秋风的吹拂下尽情摇曳的情景，这真是世间最美妙的舞蹈。张开眼，每一阵风过后都有些许竹叶飘落下来，打着旋儿，在"沙沙"的伴奏中跳出美妙的舞步。秋风带走了绿叶红花，只留下满地枯黄的树叶，在这满目苍凉的情景中，竹林依旧绿得生气勃勃。

一片竹林的四季包藏如此多的美丽，怎能不令人陶醉？

家乡的草原

于 娟

"巍巍兴安岭，滚滚呼伦水，千里草原吐翡翠，大雁飞来不想归。啊！呼伦贝尔美……"每当我听到这支歌，心中就感到无比自豪。

我的家乡坐落在举世闻名的呼伦贝尔大草原上，草原的辽阔壮观，只有生活在这片土地上的草原儿女才能领略得到。

春姑娘轻盈地走来了，给草原带来生机盎然的景象，这正是大地复苏，万木吐绿之时。娇嫩的小草也调皮地从土地里钻出来，开始装扮美丽的春天。有人喻它为"春的使者"。不错，"撒向人间一片绿，尽把无限春光描"。你看，摔跤小英雄巴特尔和小布和又开始了摔跤比赛，几个回合过去了，还不分胜负。娇嫩的小草，绿油油、软绵绵的，远看像一条绿色地毯，微风下，像小虫一样轻轻地蠕动。啊！家乡的草原，我爱你的"柔之美"！

在春光的沐浴下，在春雨的滋润下，碧绿的草浪在阳光下格外耀眼。在风的轻拂下，在雨的长吻中，它们欢笑着，翻滚着，一层赶着一层涌向远方。近处的鲜绿色，远处的翠绿色，和天相接的地方，又是墨绿色。蓝蓝的天空，白白的云朵，绿绿的草原，清清的小河，成群的牛羊，白蘑菇似的蒙古包——不正是一首抒情诗的意境吗？此时，牧马人朝鲁骑着马，手持套马杆，吟唱着"天苍苍，野茫茫，风吹草低见牛羊……"草原的尽头，四五辆勒勒车在吱呀吱呀地向前走，过惯了游牧生活的牧民，为了牛羊的肥壮，四海为家。啊，家乡的草原，我爱你的"壮之美"！

秋的使者带着一身金黄来到草原。它们的到来，给草原披上了金黄的秋装。清晨的阳光透过薄雾淡淡地洒在草原上，小草披上一层薄霜，勤劳的额木格提着奶桶走到一头黑白花奶牛旁边，开始挤奶，乳白的奶汁不断流到桶里。不久，割草机、搂草机在草场上忙碌着。只见割草机一过，草倒了一片，搂草机马上把它打成"行军包"，以备冬天来临时做饲料。一个个小草垛堆起来了，犹如小山似的。吃的是草，挤出的是奶，这不正是草原人民精神的真实写照吗？啊！家乡的草原，我更爱你的"金黄之美"！

雪花舞动着身姿，装扮冬的草原，天地万物一片洁白。在这粉妆玉砌的世界里，草原盖上了厚厚的棉被，在沉寂中悄悄睡熟。冬天到了，春天还会远吗？啊，家乡的草原，我爱你的"洁白之美"！

我爱草原的春夏秋冬，更爱淳朴、善良、勤劳、勇敢的草原人民。

夕阳西下，天边落下最后一道余晖。蒙古包外，炊烟袅袅，毡房内，劳累一天的牧民正在休息。你看，额吉喝着香喷喷的奶茶，阿爸端起甘甜的美酒，小伙子拉起马头琴，姑娘跳起安代舞……悠扬的马头琴哟，你今天为何这样惬意？

啊，呼伦贝尔大草原，我心中的金凤凰！你的美景，诉说不够，描写不完。我多么希望能够成为一名优秀的作家，用浑厚自如的笔墨来记述你；我多么希望成为一名丹青高手，用点石成金的神笔来描绘你；我多么希望成为一名出色的音乐家，用圆润的歌喉来讴歌你……

（指导教师：贾九如）

老　屋

蒋超翮

趁着国庆闲暇，去看看曾载有我童年痕迹的老家。老家的路已不熟悉，但轻踏雕花青石板路，却有一种久违的亲切感。幽深曲折的巷子里，时而听见屋檐下鸟儿明快的调子，我不禁也学着吹出几声口哨，引得鸟儿连连回望。

几年不见，老屋里的人走得差不多了。空荡荡的屋内荡着开门的回声，与窗外萧萧的秋雨相伴，略带一丝惆怅，唉！"秋风秋雨愁煞人！"推门而入，灰尘扑面而来，被光一照显得朦朦胧胧，似乎是如烟的往事在眼前重演……

走在楼梯上，我扫视着扶手上的每一寸，每一厘。虽积满了灰尘，但仍看得出那精雕细刻的花纹。这是藤蔓的花纹，栩栩如生，蜿蜒曲折，极似希腊爱斯尼柱子上的图案。楼梯口有一张至今仍鲜红闪亮的书桌，窗口的光正好射在桌上。听奶奶说，爸爸小时候就坐在这里走过了小学、初中。被风一吹，起居室的门"吱呀"一声开了，里面依旧摆着两张挂着蚊帐的大床和一些不知是什么年代的旧家具、旧箱子，清一色涂了红漆，挂了铜锁，透着古朴的气息。我走下楼时，楼梯又唱起了歌："吱嘎，吱嘎"，让人想起了张爱玲那篇《吱嘎响的楼》。不过这老屋可是比那楼的岁数大得多，屈指算来，已经五代人住过这老屋了。

下楼时我瞥见了墙角的捣米春，试着举了几下，胳膊便酸了，真难以想象奶奶瘦小的身躯怎么搬得动春。与二楼比较，一楼的陈设就较多了，有灶台、水缸、茶几、太师椅，以及一张三角饭桌和凳子。走近灶台，我还清晰地看见上面被烟火熏烤的遗痕，心神一个恍惚就宛如看到奶奶在前面做饭，大姑姑在后面烧火的样子。走到外边，屋檐下"牛腿"上精雕细琢的生肖、花鸟图案还在散发着古老的魅力，古朴苍劲，气宇不凡，典雅又不失山野之色，实属佳品啊！

　　从天井里向上望到的不是四角天空，而是高深、无际、像是能包藏一切的天宇，这样与老屋布满苔藓的房顶融为一体，和谐、自然……

　　离开了老屋，我暗自思忖，老屋会被拆吗？会被一座一座高楼替代吗？也许会，也许不会。或许在多少年以后，老屋里又住了人，又会重新回到人们的记忆中来。不过，老屋还是那间老屋，它头顶还是那片天宇，里面的人虽不知换了几代了，里面的故事却一天比一天多了……

童年的渔村

李莹珊

童年像是一个美好的梦，它伴随着我的成长，有时清晰，有时模糊。每当夏天来临，我总要随家长到抚仙湖畔，望着那清澈的湖水，躺在柔软的沙滩上，听着潮涨潮落的水声，我便会想起抚仙湖畔的一个小渔村，想起儿时的小伙伴。

七岁那年的夏天，爸爸带着我回了趟老家——抚仙湖边的一个小渔村。当时那儿是极偏僻的，只有四五十户人家，都以种田、捕鱼为生，生活十分艰苦，只有村口那条弯弯窄窄的土路沟通着与外面世界的联系。但那儿是我的乐土：因为我在那儿不但可以天天玩水、捉鱼，还结识了一大群小伙伴，我们常在一起嬉戏。

渔村紧靠湖边，我们每天都泡在抚仙湖凉爽的湖水中，享受着大自然给予我们的恩惠。从太阳刚刚升起一直玩到太阳落山，我们一群小伙伴才在父母们的再三催促下恋恋不舍地道别湖水。第二天一早，我们又迫不及待、不约而同地跑到湖里一块儿游戏。

我们喜欢吓唬鸭子。儿时的我认为，鸭子是种很可恶的家禽，它们每天成群结队地在水里嬉戏，把清澈的湖水搅得脏兮兮的，还把我们养在湖边水洼里的小鱼吃掉。我们个个对鸭子恨之入骨，不管是五叔家的，还是三姨家的，我们见到鸭子就打。有时鸭子正在湖边梳理着羽毛，晒着太阳，我们发现了，就大声喊着，手拿木棍、小石子冲上去一阵乱打。一时间可怜的鸭子们跳的跳，飞的飞，漫天漫地都是鸭毛。这是我第一次看到鸭子居然能跑那么快，还没等耳边凄惨的鸭叫声消失，鸭子们早已游到湖水深处，再也追不着了。

更让人开心的，是追赶着下山的夕阳，伙伴们一起划着小船去湖心游玩，正是"一道残阳铺水中，半江瑟瑟半江红"时。南面的孤山岛，西面的渔洞披着橘红色的霞光，倒映在清澈见底的湖水里，让我觉得这是画上的仙境。夜色渐浓，晚归的渔船，打破了明镜般的湖面，飞也似的向我们驰来，伙伴们见了，便一起跳入水中，游到渔船上去，打鱼的大爹便一人分一尾小鱼。可惜那时的我只会几下狗刨式，只好眼睁睁地看着伙伴们游向渔船，求他们给我也要一尾小鱼来。捧着小鱼，我们就像得到金元宝似的小心翼翼地把小鱼放到湖边的水洼里，再用沙石高高地给水洼围个边，可不能再让我们的宝贝小鱼喂"可恶"的鸭子了。

童年的时光一晃即逝，我真希望能再回到小时候，再和小伙伴们赶一次鸭子，游一回泳，要一尾小鱼养在水洼里，再留下一段甜蜜的回忆。

初识尧寨

郭娅雯（仡佬族）

我的老家石阡坪山尧寨，是一个坐落在大山深处的仡佬（gēlǎo）族聚居区。今年8月8日，我随爸爸妈妈回老家去参加一位远房表姐的婚礼，有幸第一次走进尧寨，目睹了她的独特风采。

我们一大早就从县城出发，中午时分到了目的地。刚进寨子，就看见很多呈"凹"字形的民居，大都向阳而建。爸爸告诉我，它们都是典型的南方青瓦屋面。奇特的是它们的脊部都饰有形如铜钱、吉字、梅花等图案，且屋脊两端的图案形状怪异，有的像喜鹊尾巴，有的像鲤鱼尾巴，还有的像天鹅颈。"咦，这里的房子好奇怪呀！它们的屋脊上为什么都有图案呢？""这些图案都有很深的寓意，"爸爸对我说，"形如铜钱、吉字、梅花都寓意吉祥万世昌，屋脊的两端叫'鳌'。你再看它们的窗子，同样有深刻的意义，窗户做成冰花格的，是鼓励其子女寒窗苦读；做成鲫鱼形的，是祈求年年有余；做成蝙蝠状的，其寓意是接财纳福。"我点点头："哦，这看似简单的屋顶，原来还挺有学问的。"

循着锣鼓声，我们来到了表姐家。只见表姐身着别致的"仡佬袍"：上衣及腰部、袖口、背部绣花；裙子分上、中、下三段，上下两段是褐红色的麻布，间杂青白条纹，中间是大红色，仡佬人叫它"桶裙"；脚上穿着一双尖钩鞋。这套衣裙据说是从一百多年前流传至今的仡佬族妇女的衣着式样。表姐头顶花盖头，在房内正襟危坐，谁也瞧不清她的面目表情。我和老家的几个小孩见面熟，在表姐房里尽情地嬉闹着。

忽然听有人喊"上桌——"，开饭了。这种味儿的婚宴我是头一次见，十几个人围成一桌，吃烤山羊，不用筷子用手抓，味道还挺美。大家正吃得香，突然听到有人高声叫嚷："新娘跑了！"我一惊，站了起来，却被爸爸按下，他告诉我，这是仡佬族的特殊婚俗，姑娘出嫁前要放声号哭，唱"哭嫁歌"，出嫁前还要乘人"不备"而"逃跑"，但是只能让娘家的婶娘嫂子等女亲戚把她找回来。正说着，一阵欢呼声响起，回头一看，原来是新娘被"捉"回来了。这时，表姐的父亲上前，解开了她衣领边的扣襻（pàn）。我疑惑不解，爸爸又解释说，这代表出嫁的闺女已不是本氏族的成员了。我恍然大悟地点点头，哦，原来，这都是有深意的呀！

天黑了，我只好恋恋不舍地随爸妈打道回府。不过，我和爸妈约好了，找个时间再来住几天，再来好好感受我们仡佬族淳朴自然的风土人情。

（指导教师：夏西亮）

053

第二部分 谁不说咱家乡好

第三部分

有一种美丽叫迂回

　　平静地过了一个月，小鸭渐渐长大了，我也慢慢地放下心来。这时间，我家迁往新居，小鸭也随我们一同搬入新家。家中地板砖很光滑，于是一个令人捧腹的景象出现了：绒绒喜欢追着我的绒毛拖鞋跑，跑起来两脚叉开，还是那样"吧唧吧唧"。我猛地一停，它也试图急停下来，但由于地板砖滑，它会向前滑行很长一段距离，身体失重而仰面摔倒，然后又一骨碌翻起来寻着我的方向继续跑。每逢这时，全家人都会哈哈大笑。若家人聚会，这便是一个保留"节目"了。

——张忠芝《小鸭绒绒》

夜空的精灵

赵玲玲

夏天很快过去了，白色的棉裙泛黄了，皱得像片枯萎的树叶——秋天来了！灵子在炽热的秋天中飞快地成长，似乎那只是一年之间的事。她的刘海变得很长、很长，她的目光一寸一寸地冷掉，笑容黯淡，当她面对着铁青着脸、对她不屑一顾的老师，手中拿着一张打满红叉的试卷时，没有伤心，没有泪水，她麻木了。

灵子说："生命诚可贵，友情价更高，若为成绩故，两者皆可抛。"

灵子最喜欢晚上。晚上，一切安静，没有了一切噪音。听不到老师报分数时的声音，听不到父母的骂声，听不到同学的嘲笑声，再也不用面对到处都是红叉的试卷。

灵子躺在了草地上。眼睛冷漠地望着夜空，月光淡淡的。一阵晚风吹来，她的刘海随风飘动。

忽然，飘来一阵清脆的风铃的声音。那一瞬间，她觉得似乎在浩瀚的夜空中，满天都闪烁着伤心。

灵子望着漆黑的夜空，眼睛一眨一眨的。伴随着眼睛的眨动，灵子的眼泪已无声无息地顺着脸颊慢慢淌下来。但灵子没有哭泣。

灵子是班中成绩很差的女生。这是一个难题，连她自己也不知道为什么。

每次考砸的时候，她都只是冷冷地、淡淡地一笑——她不想让别人知道，此时，她心里有多难过。她处处掩饰着，因为，她的心，真的很脆弱，一碰就会碎掉，连她自己也看不起自己。但她强作欢乐，仍旧若无其事地与同学们嘻嘻哈哈。

灵子的母亲对灵子的期望是很大的。她希望自己的女儿出人头地。是啊，母亲望女成凤也是人之常情啊！母亲希望有一天，灵子长大了，能开开心心地回到家中，拿着重点高中的录取通知书。可是灵子太让母亲失望了。

灵子想：也许，等到花儿都凋谢了，黄花菜都凉了，她也不会变成凤凰。但灵子没有难过，一切都已经使她变得麻木不仁。

灵子是我，那年我十四岁。

后来，我收到了一封E-mail，名为"海枫"的友人对我说："灵子，你是个不快乐的女孩，海枫希望你能开心。要成功地做每一件事，首先要自己先开心。"

很朴实的几句话，但是我却很感动，好久都没有人这样安慰我了。那一瞬间，眼泪朝下坠落，我发觉夜空中的星星也在朝我微笑。

我笑了，开心地笑了。

我一如既往地晚上望夜空，终于坚信，夜就算再黑，白天也会到来，黑夜，正是白天来临的预示。金色的太阳终究会驱散一切阴暗的。

我剪掉了头发，剪掉了留在额前的长长的刘海，改掉了老是斜视别人，不正视别人的习惯。我正努力着，无论结果如何，我都会努力地向前，向前，再向前。

……

057

（指导教师：刘春文）

第三部分　有一种美丽叫迂回

雕刻"生活"

俞蕊尔　邱笑颖

过去，我只在电视上见过雕刻家们的表演，那娴熟的刀法，精美的作品，令人羡慕不已。这次劳动技能课上，老师发给我们每人一块三夹板，一把刻刀，要我们在上面刻出"生活"二字。我又好奇又发愁，不管怎么样，毕竟得完成任务吧。

放学回到家，我一完成作业，就迫不及待地开始干了。手中的刻刀小心翼翼地在板上刻着，一丝丝木屑在刀尖下飞舞。渐渐地，字的轮廓已清晰可见了。我拿起板，左看看，右看看，喜欢得不得了——似乎有一种无形的力量吸引着我，真是爱不释手。

爸爸妈妈已入睡了，房间里只有我刻木板的声音和小闹钟单调的"嘀嗒"声，钟面上的时针在不知不觉中指向"9"。时间不早了，但我对雕刻产生了浓厚的兴趣，感觉好像是在一方田地里辛勤耕耘。

我的感情已完全融入雕刻之中，眼光聚焦在划动的刀尖上——很认真，很仔细，很投入，简直要完全陶醉了……

时间一分一秒地流逝着，我的作品眼看就要问世了，心里一阵激动。突然，刀锋一偏，划破了手，"哎哟"一声，宁静的屋中顿时出现不和谐的音符。鲜红的血从伤口涌出，闻声而来的妈妈慌忙从药柜里找出"创可贴"为我包扎，心疼地说："也不早了，快睡吧，明天还得上学呢！"我笑了笑，说："妈，没关系，既然已经动手刻了，就不能半途而废，况且又付出了血的代价，怎能让血白流呢？你先去睡吧，我一会儿就好。"妈妈没强求，只是叮咛了一句："早点睡，别累坏身子。"她回房间去了，临走还轻轻掩上房门。

我忍着伤痛继续干，终于把作品完成了。望着自己亲手刻成的"生活"二字，心里真有说不尽的喜悦。它虽然谈不上"精美绝伦"，但毕竟，我没有向困难低头，我付出了，所以成功了。

　　我突然感悟到，"生活"就掌握在我们的手中，需要我们精心地去刻画它、装扮它，勇敢地去尝试，只有这样，它才会向我们展开丰富多彩的人生画卷。朋友，当你捧起"生活"的刻刀时，是否会想到，我们要刻好每一笔，每一画——因为，漫长而又坎坷的人生道路，走好每一步都很重要。

（指导教师：陈卉）

夏日戏水

张 博

"热死啦！"我一进姨妈家就嚷开了。听到我的声音，表弟颓丧地走出来说："哥，我家停电，空调用不了了！"正当我和表弟趴在沙发上郁闷时，姨父从书房笑嘻嘻地走出来："别犯愁了，下午带你们去水上乐园！""万岁！"我俩一跃而起，争相去准备游泳用具。

一点整，姨父带我和表弟出发了。来到泳池边，看见很多人在水中惬意地游来游去，我想也没想就纵身跳入水中。糟糕，我不会游泳！我贪图凉快，下了水才反应过来，忙蜷起腿，双手不停地扑腾，结果还是连呛几口水。

池边，姨父和表弟看着我乐开了花。天哪，见死不救！我一激动，竟一下站了起来，低头一看顿觉两颊火热——"儿童池，1.40米"。姨父哈哈大笑，表弟也冲我直扮鬼脸。

"接住！"姨父扔给我一个救生圈，我哪好意思要，姨父说学游泳要慢慢来，随后讲起要领："游泳时头要正，身体保持平直……"

姨父讲了一大堆，我句句牢记，自以为学成了，又"扑通"一声跳下池，划水、蹬脚、换气……我一边游一边得意地想起了阿基米德定律和浮力公式，还有水的密度、力的相互作用……嘿嘿，咱真是天才呀！

咦，怎么划了半天，我只前进了一米多，且胳膊又酸又胀，气也喘不匀？我闷闷不乐地爬上岸。姨父看着我笑："你那'狗刨'还得好好练习呀。"什么？狗刨？我还以为自己练的是正宗的自由泳呢！唉，太没面子啦！

这次，姨父亲自下水给我作示范："左右手各划一次，打水六次，呼吸一次……要有节奏，试试！"

我慢慢把动作掌握了，可每次吸气都会进水。姨父忙又叫停："动作掌握得挺好，但要注意放松，调整好呼吸，身体不要僵硬，再来！"就这样，我反复练习，渐渐地，我这个超级旱鸭竟能横渡游泳池了，还到深水区游了一番。

"来，咱俩比比！""比就比！"我"胸有成竹"地接受了姨父的挑战，开始拼命划水。没想到居然真的把姨夫甩在了后面！哈哈，原来表弟也来帮我，他正像小猴子一样抱在姨父腰上当"秤砣"呢！

我越游越上瘾，直到晚上七点多，姨父和表弟好不容易才把我从泳池里拉上来。后来，姨妈说我睡觉时还在做着游泳的梦，在床上"狗刨"呢！

（指导教师：刘高伟）

上学的路

孙圆庆

每天去上学，我都会走过一条小路。

走出小区门口，向右转，进入另一扇大门，再走十多米，便到了这条路的"入口"。

向前走几米，你便会看到路边摆放着几个许久没有清洗的垃圾箱。各种各样的垃圾散落在周围，垃圾箱已经装得满满的了。再过几步路，就会看见一些刚起床的民工在屋外的水池旁刷牙、洗脸，有时候还会因"地盘问题"发生争执。不远处，一些民工的孩子在互相打闹，一些妇女在洗着衣服，聊着天。

我每次经过这里，都会禁不住地屏住呼吸，匆匆忙忙逃掉。

或许因为下水道不通畅，这里常年积着几个大大小小的水塘。转过一个街角，便会闻到一阵阵油腻味，是几个小摊贩在这里卖早点，为匆忙的行人提供早餐。

终于走出了这条路，看见了"外面久违的世界"：车水马龙、繁闹的街市和过往的行人。

这是我上学时最近的一条小路，每天都要经过，我渐渐地产生了厌恶的感觉。或许是因为臭气熏天的垃圾箱，或许是因为那些"不一样"的民工，或许是这里"常年积水"，或许是……

又是一个早晨，当我穿过小路到文具店买笔时，突然发现书包最外层的钱包不见了。

顿时，我的脑海中浮现出小路边的那几个民工，脑袋"嗡"的一下。难道是他们？不，一定是他们！

我又走回那条小路，我很生气，又害怕，心里非常着急。但一看见小路的"面容"，我却不知道干什么了。

正在我手足无措时，耳边传来了很陌生的异样的外地声音："小姑娘，你在找钱包？"我转过身去，原来就是那小路边的一个陌生男人：他的衣服上都是油漆，脸上也有几道斜斜的或黄或蓝的"线条"，手里捏着的是令我心跳的钱包。我上前，一把夺过来。他有点惊讶，没想到我动作竟然这么迅速。

他忽而微笑了，静静地说："快看看有没有少些什么。"

"是呀，快看看！"一位大婶说。

我打开钱包，什么也没少。我又检查了一遍，确信什么也没少。我愣了，抬起头，那位"油漆叔叔"憨憨地笑着。我突然间觉得有些尴尬，用很小的声音说："没少什么。谢谢。"

"这下好了。小姑娘，幸好你没走远，大柱子现在上班迟到不会太晚，否则要扣很多钱呢……"一个女人手里拿着湿漉漉的衣服说。

"是啊，是啊，以后小心点！"一个老婆婆也说。

……

一群女人七嘴八舌地说着温和的外地口音的普通话。

我突然觉得自己应该好好感谢一下那位叔叔，再扭头看他时，他已经收拾好那个满是油漆的背包，急匆匆地走了。

再看看这条热闹的小路：有几个妇人对我笑着，向我招了招手，她们身边的小孩子也露着灿烂的微笑……

第二天，当我再次穿过小路时，我仔细寻找着，并没有找到那位叔叔，但心里产生了一种不一样的感觉：身旁一张张脸庞，陌生而又熟悉。

从此，我渐渐地喜欢上了这条上学的小路！

（指导教师：刘吉朋）

第三部分 有一种美丽叫迂回

有一种美丽叫迂回

章逸伦

太好了，老爸老妈一起外出，我可以独自享受这暂时属于我个人的空间啦。

我拿起书准备预习课文。课文是诗，不长，可我觉得很枯燥，于是任何微小的事物在这时都会成为我走神的理由。

突然，一个黄色的小身影从我眼前一晃而过，我兴致勃勃地凑过去一看，啊，是一只小黄蜂。

这只小黄蜂一闯进来就好像已经知道走错路了，马上折回，像离弦的箭一样往外飞去。然而进来容易出去难啊！因为面对半开的窗户，它只有飞得跟进来时一样高才出得去。我静静地观察着它的举动。

果然，"嘭"的一声，小黄蜂撞在玻璃上了，估计头部"受伤不轻"，所以"啪"一声又落在了地上。但它没有气馁，爬起来又顽强地飞了几次，结果却依然。我猜，它肯定奇怪：前面明明是五彩斑斓的花，怎么就飞不过去呢？我想告诉它，可它不懂；我想帮它，又怕它不知好歹地蜇我，只好站在一旁静静观看。

小黄蜂静静地停在地上，似乎在思考当初是怎么飞进来的。突然，它又扇动起透明的翅膀，在空中划出一道弧线，以进来时的高度从开着的窗口飞了出去。了不起，它竟然懂得"迂回"！望着小黄蜂远去的身影，我不禁想起了一年前的事。

那时我刚上初一，期中考试时竟排在了年级第三十一名。这让我这个以前每次都进年级前十名的学生目瞪口呆。开始我还以为是"马失前蹄"，于是加倍地刻苦，每天早起晚睡。老师和爸妈见我如此勤奋，便在月考前对我寄予厚望。谁知每次都是以希望开始，以失败告终。我痛苦万分。

同学们帮我分析，觉得我是学习方法有问题，可我却固执己见：坚持不懈有错吗？锲而不舍有错吗？继续钻牛角尖。直到我知道有一种战术叫迁回——不是盲目地直线进攻而是巧妙地从侧面突破——我才茅塞顿开，意识到自己错了。

如果那只小黄蜂一味地莽撞，不"迁回"一下，那它永远也飞不到美丽的花园里；要是我当时继续"坚持不懈"，不"迁回"一下，我也不会重新取得现在的成绩。"学而不思则罔"，有时"迁回"一下，你就会豁然开朗。

"走神"走了这么久，也算"迁回"了一下。再次面对课文，却不觉得烦了。这就是美丽的"迁回"。

（指导教师：周叶）

065

三人艺苑

韩 军

"涉浅水者得鱼虾，涉深水者得蛟龙。"这是一句格言，对此我感受颇深。天津市这次举办的艺术展览虽只是茫茫艺海中的一粟，却使我初次认识并了解了何为艺术，也使我享受到了在艺术海洋里畅游的无比快乐。

第一次参观艺展，我简直惊呆了。进入一楼展厅，那些美丽的图画：奔马、山水、人物、花鸟……都争先恐后跳入了我的眼帘，我都不知看哪张好了。二楼和三楼的展品更有意思。泥人张彩塑，杨柳青年画，还有剪纸、皮影、陶器、瓷器……每一件展品都给我一种新鲜感。我心想，回去以后可以向同学们炫耀一番了。同时，一种兴致未尽之感油然而生。

于是我第二次来到艺术博物馆，这次我知道了，那两匹呼之欲出的奔马是徐悲鸿画的，那山水是贺天健画的。我还看到齐白石的《葫芦》，李苦禅的《鹰》，肖淑芳的《紫鸢》……最使我流连的是泥人张彩塑。那些形象逼真的小泥人，有哭的、有笑的、有跳的、有叫的、有吹的、拉的、弹的、唱的，我在它们中间仿佛来到了小人国。可是没有待我仔细品味，闭馆的时间到了。我第一次感到时间过得这么快，不行，我还要去看。

当我又一次站在徐悲鸿的《双马图》前时，这幅画卷立刻给我一种脚踏祥云奔驰欲飞的动感，画上的两匹奔马，一前一后，前者被后者挡住了半个身躯，它眉骨突出，双唇紧闭，双耳竖起，两前蹄同时跃起翻出蹄掌，身上的鬃毛随风舞动，此马业已腾空，正在侧头观看旁边的一匹，似在鼓励它的朋友不要泄气，又似怕它赶上自己而回首看相差的距离。后者眼睛平视，鼻孔翻张，两只小耳朵直立着，双唇紧闭，目光中充满了坚定、自信。它颈肌绷起，小肚紧缩，四只有力的健蹄正在奔驰，一蹄坚实着地，一蹄似着非着，一蹄用力前伸，一蹄舞动翻飞，这匹马身上每一块肌肉都迸发出积蓄已久的活力，那头上分列的门鬃和上卷的尾巴则更显出了它奔驰的何等之快。

这两匹满身傲骨一团正气的马，仿佛在刚刚起步，越来越快，好像广阔的天地已不再是它们奔驰的场所，而只有一直驰上九天，才是它们真正的愿望。在这幅《双马图》前，我不知站了多久，仿佛不是看画，而是观两匹活生生的飞马。我完全被徐老先生的绘画技艺陶醉了。看看作画时间——1950年。我忽然明白了，长辈们讲过无数遍的往事一下子涌上心头，眼前仿佛展现了一幅解放初期百业待兴、人人奋进的画面。徐老先生的奔马，不正是那些为新中国的腾飞而献身的人们的象征吗？

　　我移步到贺天健作的《山水》前，又进入了另一种意境，远瞧这幅画，天海苍茫，群岭蜿蜒，云游其间与水相连，若骄龙戏海似苍龙戏珠，正可谓"五岭逶迤腾细浪"。近瞧，在高山下碧水间的船舟上楚女轻吹箫，那轻风吹动红叶的沙沙声，那潺潺小溪流水声，仿佛在为她伴奏。这悠扬的乐曲引来岸上红叶林边的牧童止步倾听，在他一旁吃草的犍牛也微合双眼，似在尽情地回味。我也仿佛走进画中和它们一起聆听，一起陶醉。我想，我们祖国的大好河山太美了。

　　望着这些五彩缤纷的画面，我的心不能平静了。我被画家们精湛的技艺深深地打动了。我生平第一次感受到，我们民族的传统文化——国画，竟有这么大的艺术魅力。我也被画家们的创作精神感动了。如果没有对传统文化深沉的爱和执着的追求，如果没有真挚的创作激情，是绝不会绘制出如此佳作的。我眼前突然一亮，他们不仅是用笔作画，更重要的是用心作画，用一颗爱我们民族传统文化之心，用一颗爱国的赤子之心！

（指导教师：刘志云）

"他"动了我的童年

张翼扬

如果没有"他",我应该像其他小女孩一样,喜欢穿漂亮的小裙子,安静听话,不乱走动;应该拥有许多美丽的布娃娃听命于自己;应该依恋妈妈,不愿意上幼儿园……

"他"是一条狗,名字叫笨笨。笨笨是一条体形很大但很温顺的牧羊犬,在他身边,本来瘦弱的我就更加显得娇小。从小我就不害怕狗,即使体形再大,我也敢从容地上前摸。不论什么狗都不咬我,这令许多人大为惊讶。

我喜欢和笨笨在一起奔跑的感觉,所以很少穿裙子。这一点我在很小的时候就懂了,为了笨笨,得放弃一些东西。

我很早就由笨笨保护着上幼儿园了。这样让我渐渐变得勇敢。因为有他陪伴,我很少黏着妈妈,总是学着独立地做事情,让自己去体验来自不同方面的成长的快乐。他让我感觉很安全,让我不去无谓地提防别人,而总是真心地去待人接物,所以,我独立却不妄自尊大。

我们时时在一起,笨笨很听我的话。那时候,我常常跟他说话,讲我们幼儿园里发生的趣事。我一直都认为他能听懂我的话,因为我快乐的时候,他的眼睛是亮亮的;而当我难过时,他的眼睛里满是同情与安慰。

笨笨爱我。如果我晚回家十分钟,笨笨就会显得焦躁不安,他会一直守在门口,直到我进门。这中间,他不吃不喝也不走动。我也爱他。有一次,他生病了,我就一直在他身边,比自己生病还难受。看到他痛苦的样子,我的眼泪再也止不住了,像放了闸的水,奔涌出来。而我这一哭,他的病居然慢慢好转了。我想这是我们之间的情谊感动了上天,上天还给了我一个健康的笨笨。

我非常幸运在童年时有这样一个朋友,他让我在童年的岁月里感受到了不同于亲人的爱。这种爱是互相的，他让我在收获爱的同时学会了付出自己的爱。

是他，动了我的童年，让我一点点地改变，让最初的人生变得丰富多彩。可是，等我长大了，他却离开了，他被送到了很远的地方，我的眼泪最终没能留住他。

在我的成长历程中，笨笨教给我很多；在我的心里，那份爱永远不会褪色……

（指导教师：李倩）

069

小鸭绒绒

张忠芝

说到鸭，便有一段难忘的回忆铭刻心间。

上小学四年级时，友人送我一只小鸭，鸭身毛茸茸的，灰黑颜色，只有眼儿周围和尾巴尖上有些黄白。那机灵的小眼上还有一道明显的眉毛，这在鸭中是少见的。我给小鸭取名叫"绒绒"。

我欢天喜地地养着它，它竟日渐强壮起来，身上似乎有用不完的活力，每天光着脚丫在地板上"吧唧吧唧"地跑。窜进床下，让我找半天；我休息时，它又"吧唧吧唧"跑出来。它有时吃点东西，有时钻进我的绒毛拖鞋里玩耍。有一次，妈妈惊叫着光脚从里屋跑出来，气喘吁吁地指着拖鞋，没等妈妈说话，我拿拖鞋一看，只见绒绒从鞋中伸出头来，看着我，嘴巴张了张，似乎在说，"怎么样，厉害吧！"妈妈一见是它，便捧在眼前笑着说："坏东西，没事儿乱钻，我还以为是老鼠呢，用力压死了你可怎么办呀！"我也在一旁对它说："下次可别再乱钻喽。"

曾经为它找过一个伴儿，长得比它弱小得多，眼上有一对白眉，我便称之为"白眉大侠"，可"白眉大侠"接到家不到一周便死了。我伤心极了，绒绒似乎也很难过。我从此更加呵护绒绒，生怕出一点儿意外。

平静地过了一个月，小鸭渐渐长大了，我也慢慢地放下心来。这时间，我家迁往新居，小鸭也随我们一同搬入新家。家中地板砖很光滑，于是一个令人捧腹的景象出现了：绒绒喜欢追着我的绒毛拖鞋跑，跑起来两脚叉开，还是那样"吧唧吧唧"。我猛地一停，它也试图急停下来，但由于地板砖滑，它会向前滑行很长一段距离，身体失重而仰面摔倒，然后又一骨碌翻起来寻着我的方向继续跑。每逢这时，全家人都会哈哈大笑。若家人聚会，这便是一个保留"节目"了。

就这样，我们又快乐地过了几个月，直到有一天，我放学回家，见从农村来的奶奶在洗衣服，绒绒蜷缩在它的小窝里，身上似乎在发抖，眼神没精打采。我推它，它不动；我用东西逗它，它也不动；我又拿来食物喂它，它还是蜷缩在那里，望着我。我感到一种不祥之兆，急忙找奶奶问。奶奶说它刚才还好好的，可能是喝了洗衣水弄的。

洗衣水！这可是有毒的！

我急得流出泪来，看着窝中颤抖的小鸭，我的心都碎了。

后来，我极不情愿但也无可奈何地让奶奶把小鸭带回农村。听奶奶说她曾养过鸭，或许能救活它。

奶奶回农村后，我不时地祈祷，希望奇迹出现。没过几天，奶奶打电话给我，说小鸭恢复了健康，我高兴得蹦了起来。小鸭一直在农村养着，奶奶说这鸭子很"怪"，喜欢跟脚转，不下池塘。腊月天，奶奶又来到我家，像往年一样带了些腊肉、咸鸭，妈妈把它们吊在阳台上。奶奶走后，妈妈告诉我，阳台上挂的那只大肥鸭就是绒绒。

我飞也似的跑到阳台，看着那只吊着的鸭子，泪水早已打湿了衣襟。

放晚学，我偷偷地取下那只鸭，郑重地埋在了楼下的土坑里。我祈祷在美丽的天国，它幼小的灵魂永安。

妈妈知道此事后没有批评我。

071

（指导教师：侯守斌）

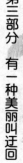

猫　事

徐震灿

阿福，这是我和妈妈一起为这猫取的名字。因为它是幸福的——它是同胞四兄妹之中唯一存活下来的。我也希望它日后能幸福地活着。

阿福刚来的时候，我读小学。那年冬天的很多事都淡忘了，但对于阿福出生后的那一晚却有着真切的记忆。我、爸爸、妈妈窝在沙发上看电视，客厅的空调有些老旧了，"嗡嗡"地响着。阿福也在客厅里，呆在为它准备的小床——垫了几块布的篮子里。它卧在那里，白色的长毛茸茸的，很蓬松，看着就觉得暖暖的。可是，它躺在那里却一动不动，眼睛眯成了一条斜向上的线。我盯着它，似乎想看出些什么来，紧张地问妈妈："阿福为什么不动？死了吗？"妈妈被我这么一问，也紧张起来，和我一起盯着它。忽然，阿福的耳朵动了一动——耳朵在灯光的照射下，隐约可以看到红色的血管，透着白毛就成了粉红色。我立刻欣慰起来，不觉"咯咯"地笑了，伸手想要抱住它玩玩，它似乎有些不乐意，用还没有什么力气的牙齿轻轻咬我。

阿福长大一点了，我用妙鲜包喂它，这是从别人那儿学来的。这是一种猫很喜欢吃的东西，类似零食吧。有了这诱惑，阿福便从了我，总是乖巧地任我抱着。人生若只如初见，我想和阿福的生活一定会很美好。只是，悲欢离合总是难免的。

春天是猫发情的季节，阿福总往外跑。但这是不被允许的，它是一只家猫，一旦出去，便会像《红楼梦》的那只石头一样，对红尘有了过多的向往和追求，最终会落个伤痕累累。父母不得不狠心地给阿福做了绝育手术。一开始效果很好，它没再往外跑过，老老实实待在家里。可是，慢慢地，阿福的脾气变得乖张了。不知从什么时候起，它席地而睡，角落里它的小床上面落了一层灰；它背后那个猫型的图案，随着毛的长长，变得没了轮廓，看起来像一只龇牙咧嘴的怪兽；它总是掉毛，我常常能从它鼻子里拽出好几根白毛来。于是，它无权再踏进卧室，只能在温暖的卧室门口徘徊，低声叫着。它脾气烈，不让我们碰它，见到陌生人又害怕地躲起来。它不让妈妈给它剪指甲，而总在扒沙发，以此来磨指甲，结果弄得沙发周围尽是棉花。我每次想抱它的时候，它总是很坏脾气地迅速逃掉，以至于我手上还有它留下的抓痕。我也再不拿妙鲜包喂它，顶多摇摇猫粮的罐子，叫它吃饭。

　　我们之间的隔阂越来越深，它变了，我们也变了。后来，我们要搬新家了，家具不能再给它破坏了，我们想把它放在地下室。但地下室不见光，湿气又重，东西都生了霉，把它放地下室里，它会发疯的，我们也会疯掉的！无奈之下，我们把它带到远远的小山边，扔了。即使我们都知道，扔了它就跟杀了它没两样。

　　阿福最后怎样了？我不知道。它的孤傲不屈从于任何人，也许是我们之间没有心灵的交织点。阿福本应是夜晚的主人，它是从月光下的树枝上纵身跳下的精灵。阿福是否还这样活着呢，我不知道。现在，每当我想起阿福的时候，双眼便成了两道盛满泪水的月牙弯。

（指导教师：龚春来）

073

第四部分

走过菩提

　　沿着春天的足迹，我仿佛看到了世界上所有童话般的孩子，他们奔跑在田埂上，追赶着春天，一不小心跌倒在春的深处……于是，他们的手掌上便沾满了清香的泥土，头上便插满了灿烂的花朵，五颜六色的风筝便飘扬在蓝天白云间。

　　沿着春的足迹，我看到了轻快灵活的燕子正用它那剪刀似的尾巴把阳光剪裁得轻薄柔和，透明得像飘飞的羽毛，和煦温暖。

——张小丽《寻觅春天的足迹》

心中有一轮暖日

曹伟云

短短几秒，瞬间天崩地裂，一切被封上死神的烙印，当黑暗席卷而来，用我们的手为你们撑起希望的蓝天。

（一）

地被撕裂开来，吞噬着房屋、树木，无尽的黑暗中，人们都在焦急地等待，一秒钟、两分钟、三小时……

我们怎能忘记一名战士在救援现场跪地落泪并大喊"求求你们再让我去救一个，我还能再救一个"的情景？战士啊，你是否太傻？要知道，余震来了，再进入废墟等于是去送死啊！"又发现了孩子。"只因这句话你就可以把指挥下的死命令抛于脑后，不顾一块巨大的混凝土块眼看会下陷的危险再次往里钻。当大家把你拖回安全地带，你却突然跪下来大哭，对着拖你的人说："你们再让我去救一个好吗？求求你们再让我去救一个，我还能再救一个。"那一刻，我突然了解你并不傻，当看着那些小小的、戴着红领巾却再也无法睁开眼睛的孩子，你的心里承受了多大的伤痛。虽然非亲非故，但那一刻，他们都是你的孩子，都是你的亲人，你只想多挽救一个落难的天使。

（二）

当巴蜀之地还在颤抖的时候，敬爱的温总理就站在了那块受难的土地上，和灾区人民一起承担风雨。水面驶来的那一叶扁舟成了灾区人民的精神支柱。当看到聚源镇中学广场上摆放的遇难群众遗体时，总理心情万分悲痛。温总理在灾区度过一个个不眠之夜，他的热泪、倦容和白发留在灾区的土地上。"孩子们，一定要挺住，我是温家宝爷爷！"这一句话支撑了多少孤独无助的生命，为灾区儿童撑起了一片蔚蓝的天空！人民会记住，我们的总理陪我们一起渡过难关。地震挡不住我们前进的步伐，只要信念还在，风雨过后，等待我们的一定是彩虹。

　　每次回想这些情景，我都会泪流满面，它们引起了我心灵中一次又一次的震动，因为这一切的一切都在为我们讲述着一个字——爱。这份爱如生命中的暖阳，让我们拥有了迎难而上的力量；这份爱如人间的春风，让世界变得更加和谐、美好。

（指导教师：黄松海）

走过菩提

郑 虹

"菩提本无树，明镜亦非台。"自从赏读了那首关于菩提树的极美的小诗，知道了释迦牟尼成佛的故事，就深深迷恋上了这种树——想象中它一定很高大很美丽，它的叶子必定宽阔而幽香。

日子在脚下，踩出平静的声音，应付升学成了生活旋律的主调。同学们都摩拳擦掌，只等着在某一特定时刻大展身手，那就是中考。

灰色的天幕飘着雨。雨丝儿舔着树叶，吟出沙沙之声。老师在讲台上用那抑扬顿挫的声音对我们进行着思想教育："这是最关键的一个学期……"凝望着雨丝儿敲打着窗棂，不由想到："我们进入理想的殿堂，是否也是敲门无应呢？"

在老师和同学眼里，我似乎总能轻松自如地应付大大小小的考试，还能捞回一个个理想的分数，可冥冥之中，我却感觉到无形的压力，心中几乎被沉闷的日子填满，但无论怎样，总有一席之地——留给我的菩提。

雨仍在飘，洗刷着远处的树影。朦胧中，树影似乎幻化成了菩提树——我一直在努力揭开它神秘的面纱，尽管我可能永远也无法达到释迦牟尼那样对人生大彻大悟的境界。

儿时的身影像是珍贵的碎片，拼成纪念，在玻璃柜里搁着，不能触摸。数星星摘野花的日子化作发黄的日历随风逝去，我们新的生活，依旧继续。初三是酒，可我品尝到的只是辛辣；初三是登山，可是我品尝到的只有路途的艰辛。

雨停了，云幕散去，可我的心并未因此而开朗起来，老师在谈着人生，讲着理想。但，我的理想在哪儿？

我问着自己，一遍一遍，得来的却是彷徨苦闷。从小我就是一个乖巧听话的孩子，近十年的求学生涯一直都一帆风顺，可在即将到达人生的第一个驿站时，我却感到不安，几次考试下来，自己似乎筋疲力尽。尽管还未到真正的抉择，自己花一般的梦仿佛闪着那将要隐去的光芒融入黑沉沉的夜空，一去不返。

也有花在开，也有树在绿，也有歌在唱，但那与我无关。我只有沉入有形的汗与无形的泪，有形的忙碌和无形的烦忧。哦，何时才能遇见我的菩提？

夜的黑衣遮住了太阳。我叹息道："真可惜。"一旁的好友却说："因为害怕黑夜，就想念太阳会永远不落吗？难道因为今天的太阳已坠落西山，就不再向往明日的曙光？"

我沉思了半晌。

在书上我读到：有成就的人无不是耐着"独上高楼，望尽天涯路"的寂寞，抱着"衣带渐宽终不悔，为伊消得人憔悴"的信念，才达到"众里寻它千百度，蓦然回首，那人却在灯火阑珊处"的境界。

我反复想着朋友的话，品着那些似藏玄机的语句。不错，初三生活是紧张，可只要努力，又有什么可怕呢？书上说，菩提，佛教名词，用以指豁然醒悟，如日开朗的境界。我庆幸自己终于走过了菩提。

定格在7：45的阳光

王国栋

以前，我总是喜欢坐在角落里，因为那儿安静。但是有得必有失，一年四季，阳光从不青睐我。

而现在，我坐的位置已经今非昔比，每每在7：45总受到阳光的青睐。每天的这一刻，便成了我一天中最快乐的时光。

"你挡住我的阳光了。"我不耐烦地对同学说。"就挡住，怎么样？"同学抬杠似的回答道。我无可奈何，只得重新去寻找阳光。因为在阳光的呵护下，我总觉得很温馨，阳光就像上帝的手，能够驱走我心中的严寒和不快。

可是有的早晨没有太阳，这个时候，我总要出去寻找阳光……

夏天的7：45，要是晴天，已是艳阳高照，可是天突然变了脸，一大早就是乌云聚拢，不一会儿，豆大的雨珠打在我背上，生疼。雨帘模糊了视线，我不知道何去何从。只得硬着头皮继续骑车，颌下的雨珠直往下落。"嘿，孩子，躲躲雨吧！"我从雨幕中捕捉到一丝声音，心中一快。

逃出雨幕，一张苍老而慈祥的脸映入我的眼帘——那带有一束阳光般的微笑的脸。我找到了阳光。

也是一个7：45，晚自习时，黑暗逃离了太阳的禁锢，纱布般笼罩下来。我望着没有太阳的天空，郁闷极了，甚至上课都不是很专心。

窗外，树叶沙沙地响，凛冽的寒风更是给这个黑暗的天平添了一份漆黑。我无可奈何地望着那半明半暗、忽隐忽现的残月摇了摇头。窗外立着一个黑影，不经意的一瞥却发现是妈妈，她正在寒风、黑暗中皱着眉头，仿佛在哆嗦似的，眼睛却丝毫不动地注视着我的一举一动。

我仿佛看见了早晨的又一缕阳光，振奋人心地射入教室，投射在我心中，温暖了我的心房，我又埋下了头。

我等到了阳光。

……

我是如此喜爱阳光，更是如此盼望"阳光"，盼望那7：45的一缕温暖的阳光。

（指导教师：崔益林）

第四部分 走过菩提

水的联想

长天庆

故乡村旁有条小溪，弯弯的，清清的，绕村而过，四季不息。

春来了，溪边盛开金针花，引得蜂飞蝶舞。冬天，水面结有一层薄薄的冰，晶莹剔透，你能看到溪水潺潺流向远方。

自小溪的源头"龙王泉"被填死后，便只剩下一湾干枯渠道。说它干枯也不尽然，每到雨季，总有一些积水留下来。微风吹过，水面倒也粼粼然。

儿时，在溪水边常看到姑娘、村妇浣洗的身影。那时的我喜欢一个人静静地望着溪水，独自倾听哗哗的流水声，出神地望着、想着。想些什么呢？说不清，现在也记不得了。大概总有一些借助那水光波影而使童稚的心灵有所感悟的东西吧。因为水本是可爱的。

稍长，知道了"仁者乐山，智者乐水"这句话，不免感念圣人的高明。见过比故乡小溪气派得多的大河，面对浑浊的流水，思绪常被牵去很远。但儿时在溪畔与水心交神会的懵懂感觉，却很难再现。

再以后，漂泊辗转，寄身他乡，难得见到如故乡小溪的一泓碧水，几缕清波。偶尔行经名川大河，目光虽不免顾盼留恋，然行旅匆匆，身心难能与之交游。心田总不免有种干涸的感觉。

幸好，我的居处虽无水，案头却常有书。我发现书里头古人与水相会，留下了许多"观水"佳话。

你看：屈子泽畔行吟，魏武观海遗篇，陶公问津桃源，东坡赤壁作赋……骚人临水之际，是何等兴致淋漓！

你再看：范蠡五湖泛舟，达摩一苇渡江，宗泽三呼过河，苻坚投鞭断流……志士凭流之时，又是何等意气风发！

人心灵对水的感受，或水对人心灵的昭示，常常是因人、因势、因时、因事而大相径庭。此谓"观水有术"。水不同，人相异，不必不然，亦不必尽然。其实，流水无言。古圣先贤却把如许沉重的人生感慨托寄给了它。

然而，流水却是有情的。这情属于生命，属于用心去体味人生和历史的人。

俱往矣！

诗人也好，英雄也罢，"千古风流人物"终为滚滚流水淘尽，留下的唯有与水神交的晶体。

正是因了这些晶体，心中便始终闪念着溪水的踪影。每每一些忧与乐萦回于胸时，它就会涤荡、滋润着我的心灵，使我从前人的情思中受到某些启迪，获得释然和解脱。

溪水如斯，包含了多少难言的会心与默契。

不经意的美丽

邓　泌

一个人独自在庭院中散步。

月光皎洁，一阵馨香扑鼻而来，寻着香气来到一朵花前。花骨朵娃娃似的抱成一团，颜色很淡。月光下，它的花瓣脉络清晰地映入眼帘。花在微风中轻轻摇摆，难道是在和我打招呼？这是一朵普通的夜来香，顾名思义，它在晚上才有香气，它的香气浓郁中透出几分淡雅。这样的季节是开花的旺盛时期，也许在今晚它就能绽放。我竟有等待它开放的欲望，于是静静地守望。

漫长的等待中，小学生活像一场电影呈现在我眼前。记得我三年级时就入了少先队，我是同年级中的第一批少先队员。当站在充满荣耀的舞台上，老师给我戴上鲜艳的红领巾时，我恨不得绕着舞台跑上一圈，骄傲地告诉所有人我入队了。我曾戴着红领巾在那些低年级同学面前炫耀："我是少先队员了！"而且会将"少先队员"四个字说得特别重。那段时间，我整天戴着红领巾到处晃，周六周日也不例外。邻居中的长辈看到后也夸我，还把我当成小孩子的榜样。那时的我心中洋溢着幸福和快乐，如今想来，这真是一份美丽的记忆。

夜来香在微风中摇曳，也许这就是开放的先兆吧。香气在静谧的夜中散发，这香气是在向谁诉说它此时此刻的激动心情呢？但愿我也能分享这美好的片刻。

仔细地搜索着，搜索那些像今晚夜色这般美丽的记忆。曾几何时，我就希望加入共青团。如今，我真的成为一名团员，到现在我都难以抑制住这种喜悦。这喜悦使我两颊绯红，嘴角露出自豪的笑意。也许能让人回味且让人感到喜悦的往事才称得上是最美好的事吧。

花骨朵用力地向外拱，我暗自为它加油鼓劲。终于，一层层花瓣次第绽开，速度慢得让你无法觉察，但它的确在我眼前开放了，背景是这充满喜悦的夜色。不觉有一丝遗憾，因为此时只有我与这夜来香分享这喜悦。那一瞬间的变化在我的记忆里又成了最绚丽的景致。

　　不经意地发现那些不使人留意的美丽风景，也不经意地忆起那些动人的往事。年华在不经意中悄然流逝，请珍惜那瞬间的不经意的美丽吧！

第四部分　走过菩提

垂钓，钓的是一种心态

舒心怡

前几天行至公园的一泓碧水前，见到一些钓客专注地盯着身前的一丝细线，等待良久，或钓上一尾小鱼，或归于平淡。此情此景，让我蓦然忆起黄泽先生的文章《人生与垂钓》来，细细比对，竟是契合得丝毫不差。

文中向我们介绍了中国几千年垂钓文化中的三位钓客：在渭水之滨钓来周朝三千里江山和姬姓数百年基业的姜子牙；在千山茫茫飞雪时钓来孤寂冷落却也钓来《永州八记》这绝世丰碑的柳宗元；不愿为刘秀所用便索性游遍山水乡野潇洒一钓的严子陵。

黄先生赞姜子牙的垂钓是"千古一钓"，"钓出他心中那个梦寐以求的超越自我的精神境界"；叹柳宗元的垂钓是"险绝的"，"冷峻得让人心跳"，但却"使他的精神和品格得到了更好的升华，达到了前所未有的境界"；慕严子陵的垂钓是"潇洒的一钓"，是"钓中极致"，因为他钓的是清净淡泊、潇洒自如、大彻大悟、非佛非道的真性情。所以，垂钓，钓的是一种心态。正如黄先生所说："人生如梦，富贵荣华有如过眼云烟。在短暂的生命历程里，我们又何必费尽心机去钓那'身外之物'呢？平平淡淡才是真，潇潇洒洒才是真。"

是啊，人这一生，纷华错落不过几十年光阴，滔滔如洪流的时间足可以泯灭一个人存在的痕迹，可以淡薄一个人留下的回忆，但却不能抹杀一个人通透清澈的心境，不能阻止这份心态世世代代的延续和传承。这不由得让我想起，此刻韶华正当的我们，面对繁重的学业和过早开始的无言的竞争，更应明白黄泽先生推崇"平平淡淡才是真，潇潇洒洒才是真"的心态。做好学问固然重要，但有一个好的心态无疑更为重要。坦坦荡荡为人，宁静淡泊处世，面对真实的自我，不急进亦不畏缩，顺其自然掌握知识，我们才会明白学习的乐趣所在，才能在无涯的学海中游刃有余。如果因为眼前而乱了方寸，失了稳定的心态，就如同失了钩上的饵食，那么我们所做的一切都将付之东流。所以，只有保持良好的心态，我们的目标才有可能实现。

　　垂钓，其实就是生活对心态的一种考验。

（指导教师：卢洁）

087

第四部分　走过菩提

王　者

高　璨

月亮醒着，而沉睡者因月亮睡着。这是一个静默的夜晚，一个月亮谱写寂静乐章的夜晚。一颗星星亮了、灭了，再一颗的星星亮了、暗了。月亮依旧不动声色，困倦的沉睡者不希望再点燃什么，他们害怕再点燃的是太阳。不用任何人的指示，太阳该来的时候，自然就来了。

这伟大的发光体，他的光芒看透了一切，他深知自己熠熠生辉，所以不奢求所有生灵的发现与崇敬。这伟大的发光体，有着伟大的傲慢，他清晰地知道自己不是烛火，受那些可怜的扑灯蛾的崇拜。

伟大的傲慢赐予太阳巨大的怜悯心与宽容心，他怜惜这世上的所有生灵，他深知它们的脆弱，他用光亮温暖着这些生灵，让它们有足够的条件生活下去。但谁去呵护太阳？

是的，太阳是生活的一个条件，但没有哪位智者、哪位理想主义者，会将太阳当作一个理由，生活的理由。太阳也没有告诉他的怜爱者，他应当成为一个理由，因为他的伟大的傲慢。站在太阳旁边，投射在地面上的影子举起一只手指放在唇上，告诉他沉默的珍贵与意义。

其实，最高的王者，不用得到卑微者和卑微者中的高尚者的认可，自然就是王者——太阳就是如此。

太阳的白天看起来很浅，谁也不知道太阳的性格，因为人们看不到他的表情。月亮的夜色看起来很深，所有人都会因月亮缠绵深邃的哀愁落泪，人们真切地看得见月亮。于是许多人说：黑夜要比白天深邃。

这一切仅仅是看起来的结果，看，并不是一个十分确切的判断方式，它虽然很重要，但不完全，有缺陷。

也许阳光比月光更为透明，阳光总是不被多数人关注。白天的时候，也许因为匆忙，没有谁认为太阳一直在关注自己，其实不然，阳光照耀在阴影不敢涉足的地方，他洞悉着每个人的行为和心理。晚上，人们对月亮无论是不经意的一瞥还是望着她出神，都深深感受到月亮在看着自己，关注自己，其实，你伸出手，能感觉到月光的存在吗？不然——月亮丝丝缕缕的光亮，更眷恋水面吧，没有人察觉。

这伟大发光体的光芒看透了一切，而他伟大的傲慢教会他沉默。

太阳不视崇拜为珍宝，他更愿意相信自己本来就是珍宝所不及的王者。

月亮醒着，而沉睡者因月亮睡着。月亮是最善良的星体，也许，她不懂得什么叫伤害，她一直都很温柔。这是一个静默的夜晚。一颗星星亮了、灭了，又一颗星星亮了、暗了。困倦的沉睡者不希望再点燃什么，他们害怕点燃太阳。人类并不懂得太阳是最高的王者，他们只是不愿太阳走进他们的梦境罢了，而太阳有巨大的怜悯与宽容，并不是连梦境也不放过的一类娇艳欲滴的植物。

太阳来了。他与自己的傲慢为伴，非同一般地使狂风震悚，使浪潮退缩，使满地的鲜花因热烈而燃烧！

089

第四部分 走过菩提

寻觅春天的足迹

张小丽

我以教徒的无限虔诚，膜拜这圣洁的天使。因为，我在寻访春的足迹，细细打量我那故人的面容。

一串长长的足迹不断向前延伸，就像春把希望的芬芳撒播到各个角落。足迹是怎样产生的？这是我在追寻它时所不解的问号，也许是天使和白雪公主赤着脚，在田埂上嬉戏追逐时留下的脚印吧。

我跟随着春的足迹，在大自然中寻觅春天最完美的色彩，发现了春的性格和她真正的内涵。她是一个善于沉默的女子，需要我们去揣摩她的心思，倾听她的心声，那样，我们才能真正领略到春的可爱。杨柳吐翠，百花齐放，正是春天从柳筐里抓起一把金色的种子，那么轻盈一撒，田间便有了眉眼，泥土中便有了生命，这或许就是春天带给大自然的一份宝贵的馈赠吧。柳絮的灵动飞扬，是与春最热烈的缠绵；花朵迸射出的娇媚，是对春天最美好的感激。春天的足迹跨越千山万水，向万物倾注着自己最热烈的色彩，让她的每一个足迹深深烙在了每个生灵的心田。春更像一位慈爱的母亲，把绿意带给了需要装点的穷乡僻壤，也从不因为花草身上的平凡而不予理睬。

沿着春天的足迹，我仿佛看到了世界上所有童话般的孩子，他们奔跑在田埂上，追赶着春天，一不小心跌倒在春的深处……于是，他们的手掌上便沾满了清香的泥土，头上便插满了灿烂的花朵，五颜六色的风筝便飘扬在蓝天白云间。

沿着春的足迹，我看到了轻快灵活的燕子正用它那剪刀似的尾巴把阳光剪裁得轻薄柔和，透明得像飘飞的羽毛，和煦温暖。

在无垠的田野上，我看到了一头壮实的耕牛，正以坚实稳重的步子，从田野上缓缓行过，身后留下了一条深深的犁沟……那不正是春天这位哲人的笔迹，在告诉我们一分耕耘、一分收获的道理吗？

春，我愿你在明媚春光的陪伴下，永远执着地去追寻你的美梦和希望。

路在脚下

周　瑞

美丽的鸟儿即使无法飞到更远的地方，也不会折断自己的翅膀，因为它相信，总有一天可以拥抱蓝天，拥抱梦想。

——题记

铸　剑

有一种宝剑，所向披靡，削铁如泥……

它的出身不是金银宝贝，不是鬼斧神工，亦不是妙手偶得——

它来自千锤百炼。来自夜以继日的锤打，来自灼热袭人的烈火，来自这样一个信念：百炼成钢。

铸剑的你于是平添一股豪气，平添一分信心，将重重的锤头抡得更圆……

沉重的锤子击落在砧子上，火花四溅。

日复一日，年复一年。

十年铸一剑，今日方示君。

利剑出鞘，犀利的光芒照亮你洒满汗水的脸庞……

登　高

有一种风景，雄奇壮美，空旷博大……

不是潺潺流水，不是山水花鸟，不是清雅闲居——它是绝顶高峰。

磨破双脚的夕阳小路，划烂双手的荆棘杜鹃，都因这样一个信念：没有

091

比人更高的山。

登山的你于是平添一种勇气，平添一丝信念，将坚定的步伐踩得更扎实……

强光掠去了红叶的鲜艳，只留下蔚蓝的天空。

攀一步，再攀一步，再一步……

绝美的风景，就在一瞬间照亮你的双眼……

银　杏

有一种树木，木乃材，叶乃药，果乃食……

不是高大修直的白杨，不是纤细温柔的细柳，不是绿叶婆娑的榕树——它是生长缓慢的银杏。

同样的水土，同样的阳光，可它却身材矮小。

没有自卑，没有气馁，来自这样一个信念：珍贵的东西总是慢慢成长。

它不懊恼，它不丧气，它没有停止生长的脚步。

长一点，再长一点……

花开花落，斗转星移。

"蓦看银杏树参天，阅尽沧桑不计年；秦松汉柏皆后辈，根蟠古佛未生前。"银杏终于巍然矗立于蓝天白云之中，披一身金黄色长袍，面对宇宙微笑，拥有日月星辰的光彩……

"珍贵的东西总是慢慢成长"，美丽的鸟儿即使无法飞到更远的地方，也不会折断自己的翅膀，因为它相信，总有一天可以拥抱蓝天，拥抱梦想。

你，明白了吗？

（指导教师：马洪霞）

昨日·今日·明日

江丽盈

一

太阳西下，月儿高高挂。房内的时钟"嗒嗒"地响，仿佛说："我在流动。"没错，时间像河水一样不停地流动，却又不像河水有顺流或逆流，它只能向前翻跳，却不能向后倒流。

一个又一个的今日变成昨日，无数的明日又变成新的今日。

二

有人会把快乐与悲伤都记进日记本，在明日翻开可以耐心回味，任何发生于昨日的事均会被记忆下来，丝毫不会遗漏。我们不能强行快乐欢笑，也不能故意抱头痛哭。记忆会把最切实的内心感觉记下来，所有最唯美的，所有最感动的。

每个人的昨日都不相同，但任何人生来都被赋予了一种特权，他们都可以在梦中与昨日相会，在记忆中漫游。当然，最后他们都得梦醒。

三

今日，我们望着窗外的蓝天，想让时间流动得快一点，像白云变幻的速度一样快，心里想着长大后就能得到更多的自由，可终于我们长大了，却又想回到小时候。

成长，对我们来说，是今日存在的意义。也不知道是它奇怪，还是我们奇怪，每当这时候，人人都在想昨天，话当年。我们似乎忘却了，今日的微笑是昨日的功劳。

每时每刻都是今日伴着我们，仔细一想，我们倒像一个负心汉，在想昨日想明日，却未想过要抓紧今日。直到今日流逝成为昨日，我们才在这逝水的时光里交到一位生命中的挚友——"珍惜"。

四

明日跟昨日或今日都很不相同，提起明日总会有一股冲动，不知打哪里来，却总是想着必定要干一番事业，闯出名气。曾经有人对着明月起誓，要当为民请命的父母官，最后真的进入官场后，见过官官相护，见过同僚同流合污，便放弃了当初月下的誓言。最后只说一句"世事永不尽如人意"便把责任推得一干二净。

就这样消沉吗？不！趁我们尚有多个明日，请不要私自拜服在命运脚下。"我命由我不由天。"从出生那一刻，自我们决定吸入第一口空气起，明天便由我们自己决定。只要相信明日，一切都可能。连童谣也唱："我们没有力量，却不说永不可能。"如果没有执着，怎会有对明天的盼望？执着明天，正是我们拥有的最大财富。

五

日复一日，年复一年。昨日，是我们的启蒙老师。今日，是伴着我们长大的朋友。明日，是送给我们勇气和未来的先知。

二十四小时又过了，今日又变成昨日，明日演化成为今日，生生不息。睡前向今日说声再会，睡醒的一刻，又是全新的今日。

第五部分

爱是心与心的相通

　　您离开我们的那一刻，我第一次觉得生命如此脆弱。从无知的幼年、懵懂的童年、激情的青年、精力充沛的壮年，到垂垂老矣的暮年，整个过程就如墙上的一缕蒿草，眨眼间就不见了踪影。

　　　　　　　　——郑婉婷《生命是一株藤萝》

阅读屈原

魏鸿晔

　　薄暮冥冥，我在灯下一遍又一遍地读你的《涉江》，心灵的底片便慢慢洇染上一层层殷红，渐深的暮色也仿佛笼上了一层悲戚的色泽。那神奇瑰丽的想象连同汨罗江畔那孤独清高的身影，深深地攫住了我的心。

　　这是一首让人百读不厌的诗章，每次阅读，总被如潮的感动淹没着。你如横空而过的一颗流星，闪烁着凄凉的美丽，划过我的心空。曾在一个寂寥的深夜，入定般的想象一颗孤寂的灵魂在汨罗江畔或是高峻蔽日的深山之中伴随着自己高远的理想孤独地漫游。如血般的残阳拉长了你的身影，陪伴你的只是猿猴啼血般的哀鸣。但你将凝聚着忧愤的血泪以及自己的抱负从心灵流出，让一个去国离乡之人苦难生活的点点滴滴颤动于笔尖，化为一篇瑰美奇丽的文字……

　　此刻，你的足音正姗姗向我走来，走向千年之后的今夜，走向寒露沾湿的今夜，走向我阅读你的今夜！依旧是那秋冬的绪风，依旧是那般凄寒，你是否依旧一步一回头地望着你的家乡，望着你的祖国？你是否依旧在汨罗江畔执着地守望，守望着能回到祖国，再为祖国献出自己的一切？那么，能有谁去撷取你散落在汨罗江畔的叹息？那么，又有谁去俯拾你遗落在密林之中的梦想？那么，又会有谁能彻悟你凝固在深山之中的沉痛？如果说，生命的过程注定从激越走向安详；如果说，人生的岁月必定是从绚烂走向平淡，那么，你真走得一路安详吗？你那伟大的思想及高远的理想都随滔滔不息的汨罗江水一同远逝了吗？或许，我只能在那浩瀚的疏星中读到你的消息，只能从那瑰奇绚丽的篇章中读懂你的思想，读懂你那颗滚烫的爱国心，读懂你那长存于世间的顶天立地的精神，而这一切已经足够了……

　　阅读你的一腔热忱，遥想你短暂一生的苦难经历，我一直都相信你是假诗章来抒写自己苍凉的人生！诗章中那悲愤、抑郁的倾诉，不正寄寓了你深缩于心的血泪，情浓于血的忠贞吗？每日在嘈杂喧嚣的生活中静下心来，汨罗江畔的呼声就萦绕于耳畔，回响于心际，让我不自觉地以此来观照我自己。在这个被言情武打以及各种光怪陆离的书籍杂志充斥了的社会，是你在时时提醒我，记着沉浮于人世的另一种人生。那些我们时不时就可以遭遇的人，不都是以类似于你的方式在日渐冷漠的街巷里踯躅吗？

你因《离骚》而不朽，这或许是你不幸中的最大幸运。由此，我也在常常阅读你之余，掬一捧清泪，为那些无声流逝了的生命。在光影斑驳的现代社会固守住我生命里那些最为本质的东西，真的希望你一直都未曾远离我们。或许，你正踏着滔滔的江水，穿越千年的尘世风霜，在世界的某个角落注视着我们这群现代人！

（指导教师：刘晓平）

097

一生的朋友

陈有彩

"朋友一生一起走，那些日子不再有，一句话，一辈子……"听着录音机里传出的周华健那首《朋友》，心中一阵感动。晓婷，这你我早已熟悉的旋律，你是否依然还记得？

晓婷，你是否觉得我俩有许许多多相同之处呢？我们俩留一样的长发，只不过你总爱随意披在肩上，而我却总爱梳在脑后；我们穿一样的衣服，只不过你穿上像个天使，而我穿上却是一个胖妹；我们一样爱哭爱笑，只不过我哭的时候，你总会为我拭去脸上的泪水，而你哭时，我却只能傻傻地陪着你哭；我们都一样爱唱歌，只不过你唱歌的时候，总能得到许多同学的称赞声，而我唱歌的时候，却只能听到你说我唱得好；我们都一样爱看书，只不过你看的是课本，而我看的却是漫画，所以考试之前，你都不得不对我"多多关照"……

许多经历的事情随着时间的流逝，慢慢被搁浅了。或许那一次经历，你和我都不会忘记。记得那是一个艳阳天。贪玩的你我一起跑到小河沟。天上的云烟似雾，颇像无意之中泼洒的水墨画。两个女孩一时兴起，脱掉鞋子，卷起裤脚，嘻嘻哈哈地打起水仗。我们随手拨起一阵阵浪花，在天空中折射出七色的光彩。而在这晶莹的浪花之间，我看见了——如艳阳般的你的笑脸。晓婷，你知道我当时在想什么吗？我正庆幸，有这么一个要好的朋友。就是这么一迟疑，我却不小心被河沟里的碎玻璃扎伤了脚，殷红的血立即流了出来。过度的疼痛反而让我麻木，被我的求救吓呆了的你一下子反应过来，跳上岸、穿好鞋，头发用发夹一扎，背起我就往卫生站跑。路途上的颠簸加上渐渐苏醒的痛的感觉，使我不禁哭起来，你慌得一边跑一边不停地安慰我。

当医生用酒精帮我擦洗伤口时，我已哭得眼睛红红的，酒精的渗入，更使我痛上加痛。晓婷，是你紧紧地一直握着我的手，眼睛里满是不安和鼓励。从那一刻起，我咬着嘴唇，再没让自己哭出声来，没有你和我一起承受，我又怎会如此勇敢呢？

虽然这件事已经过去了两年多，可它却一直温暖着我的心灵。

去年夏天，你我分隔两地读书，带着我默默的祝福，你一定会很开心、很幸福，但一直体弱多病的你，是否能好好照顾自己呢？

回忆总是如丝一般，拉出了许多刻着你和我的名字的片段，让我一步步地徘徊在回忆的湖畔……

（指导教师：刘炜）

你真的很不错

鹿婷

你说你喜欢孤单，我不相信，因为我知道，你是怕被别人看穿。你在漂亮女孩面前总是手忙脚乱，你有点自卑。其实，你很不错！

是的，你没有小巧的鼻子和水汪汪的大眼睛，身材不够苗条，步履不够轻盈……所以，你走路总是低着头，说话小心翼翼。但是，你知道别人怎么评价你的吗？人们总说："这个女孩特善良！""她也很热情！""她常为别人着想！""她学习很刻苦！"……你听，别人多么喜欢你，你给他们留下这么多美好的东西，你怎么能不美呢？抬起头吧，望着蓝天和白云，望着周围美的一切，更不要忘了看看镜中美好的你，伴着那颗善良的心和你如月的脸庞，其实，你很不错！

运动场上，为队员们送茶递水的是你；朋友病了，风雨无阻为朋友补课的是你；为了与同学的一个约定，在风雨中等了几个小时的是你是你还是你。

你是班上的"小护士"。记得一次篮球比赛过后，队员们"伤势惨重"，不是这儿划了个口子，就是那儿青了一块。你悄悄从书包里拿出一个盒子，然后变魔术般从里面拿出许多"创可贴"。男生们见了，一窝蜂地拥了过来，争着要"创可贴"。你笑着叫他们站好，然后每人两个。那场面我到现在还记忆犹新——十几个男生排队到你位上领"创可贴"。而你的笑容，流露出一种东西，叫我莫名地感动。是的，你太美了。

有时觉得你好烦，对问题总爱刨根究底，于是我狠狠摔掉你的本子，大吼道："真烦人！教你这么多次了，还不会！"你依然垂着头，没作声。抹去头上细细的汗珠，推了推眼镜，把本子拾起来继续算。我心虚了，自己遇到不会的题时，你比我还急，一次又一次地帮我讲解，不把我教会绝不罢休。还清楚记得，有一道题你竟为我分析了十次！我后悔了，我都做了什么呀！于是我忙写了一张道歉条送过去，你看后慈慈地一笑，说："没什么，都怪我太笨了，打扰你这样长时间，真对不起。"说着，朝我扮了个鬼脸。我越发感觉，你真的很不错！

我真的不明白，你有一颗如此美好的心灵，为什么对自己的相貌没有信心？看着你从对面走来，想起了任贤齐的歌："我左看右看上看下看，其实这个女孩很可爱！"

你该勇敢些了，抬起头，挺起胸，感觉一下清风迎面吹来的舒爽，学会欣赏自己的美丽。大声对自己说："其实我真的很不错！"

和先生的对话

毛晓攀

走在鲁迅路上，两旁是三味书屋、百草园、咸亨酒店，闻着绍兴老酒、茴香豆的香味，我不禁想起了您——鲁迅先生。中国现代文学的开端，是与您的名字联系在一起的。当提倡科学与民主、反帝反封建的新文化运动刚揭开序幕，您就用犀利的杂文和新颖的小说为它呐喊奔走，成为新文化运动的先驱和旗手。

六十六年前，郁达夫先生曾说过："没有伟大人物出现的民族，是世界上最可怜的生物之群；有了伟大人物而不知拥护、爱戴、崇仰的国家，是没有希望的奴隶之邦。"他所提到的"伟大人物"就是您——鲁迅先生。

您的一生是如此的坎坷，甚至到处"碰壁"。但您并没有消极下去，而是顽强地站了起来。为国家和民族，为"救人"、"立人"，您弃医从文，用您那犀利无敌、投枪匕首般的文字来表达对封建社会的不满、对贪官污吏的讽刺。您以全新的反封建的价值观念，向中国封建社会的反人道发起猛烈攻击，对人吃人的社会进行了最全面、最有力的批判。那震动了一个时代的"救救孩子"的呐喊，正是对人的尊严和人的价值的强烈呼唤。您为改变中国人的地位，唤醒中国人的意识，为中国人的思想革命，改造旧人、重建新人而俯首甘为孺子牛。

您那种无所顾忌的战斗精神，纵横捭阖的高超技巧，决不妥协的态度立场，再加上您那或泼辣犀利，或沉郁委婉，或冷峭峻拔，或诙谐幽默的语言风格，都给我们精神上的高度愉悦和艺术上的无限享受。

在读您的文章时，我们常在思考：这位与我们进行充满激情的心灵对话、可亲可敬令人折服的先生，究竟是一位文学家、思想家，抑或是一位哲学家？其实毛泽东主席早已高度评价您是中国文化革命的主将，您不但是伟大的文学家，而且是伟大的思想家和革命家。

我想：您之所以伟大，受人崇敬，是因为您揭示了人性弱的一面。您已不仅仅是在批判，您的思想是一种对全人类的关怀，您的人生哲学、精神哲理为我们新世纪的一代提供了精神食粮。

　　记得您曾说过这样一句话："做认定的事、对社会改革有益的事，而即使一时完成不了，即使看不到明显的效果，即使此生看不到胜利的花环，也要坚持下去。"我想，这就是您对自己人生的写照，更是对下一辈的要求吧！

　　人的生命是有限的，而您的精神是无限的。您留给我们的精神财富，更是一切物质财富所不能比的。六十六年过去了，您的音容笑貌依然在我们眼前浮动，您的精神犹如一盏明灯正指引着我们朝着您走过的路前进。

　　其实世上本没有路，走的人多了，也便成了路……

103

给妈妈的一封信

冯晶晶

亲爱的妈妈：

　　您好！很多次想提笔给您写信，可每次都迟迟不敢下笔，因为每当我提起笔时，总是怕我笨拙的笔无法恰当地写出您所给予我的大海般深沉的爱。

　　从小，我就体弱多病。感冒、发烧成了"家常便饭"。记得去年冬天十一月下旬的一个晚上，爸爸出差不在家，我和您很早就入睡了，半夜里，我突然发高烧，全身不住地颤抖。您从睡梦中醒来，外衣也顾不上穿，就连忙给我递药倒水，还拿冷毛巾敷我额上。

　　整整一晚上，您都坐在床头抱着我，直到我沉沉地睡去。第二天清晨，我从梦中醒来，感觉到有凉凉的东西贴在我的脸上——是您的额头，冰凉冰凉的……

　　多少个日日夜夜，多少次寒来暑往，多少回成功与失败，都是您陪我一起度过。有一天，语文课上，老师问我："你认为母爱是什么？"我回答说："是靠垫，是世界上最舒服、最柔软的靠垫。也是女儿最贴心、一生都不愿意离开的靠垫。"

　　和其他同学的妈妈比，您比她们苍老许多。为了维持这个家，为了供我上学，您总是节衣缩食，但对我却毫不吝啬。小时候，和您一起逛商场，每次您都说给自己买东西，可一进商场，却只顾着给我挑这挑那，全然忘了您自己！您身上那件蓝色的毛线衣，还是您当姑娘时外婆织的，多少年了，每次女儿催您去买件新毛衣，您总说现在的衣服中看不中穿，没有这件暖和……

　　虽然家中贫困，但您还是会定期给我零用钱。去年，我偷偷将零花钱攒起来，在您生日那天，专程去超市为您买了一瓶护手霜。我满心欢喜地回到家，掏出"礼物"放在您面前。当您得知是用我攒起来的钱买的时，您突然大声训斥我："长大了，会花钱了是不是？不去买书看，净想这些歪主意，你……你真是不争气呀！"我没等您说完，就哭着跑进了房间。晚上，经过您的房间，从门缝中，我看见您正在抹护手霜，脸上还漾着甜甜的微笑……

　　妈妈，请您放心，女儿一定会争气的，可女儿多么希望您能多为自己考虑一点呀！

您的女儿：晶

生命是一株藤萝

郑婉婷

漠然走在寂寞的小路上，缠绵的细雨轻吻着我，让我有些倦意又有些迷茫。

走了许久，突然觉得心很累，于是缓缓走到路旁的亭子里，靠着栏杆坐下，习惯性地从包里掏出了笔和日记本。

亲爱的外公：

在这细雨蒙蒙的时候，突然想给您写信。

您在那边好吗？那里是否有美丽的天使和翩翩起舞的白鹤？我想，一定会有吧！上帝不应该让一个慈祥而善良的老人孤单。

您离开我们的那刻，我第一次觉得生命如此脆弱。从无知的幼年、懵懂的童年、激情的青年、精力充沛的壮年，到垂垂老矣的暮年，整个过程就如墙上的一缕蒿草，眨眼间就不见了踪影。

更让我惋惜的是您从医院退休后，乐观地发挥着余热，无偿为乡邻看病，正享受着闲适而充实的生活时，却在人行道上突遭横祸。当血肉模糊、一息尚存的您寻找我们时，一定有很多不舍得吧！外公，您可知道，我和您所有的亲人，更是肝肠寸断，阳光整整一年都没照进我们的屋宇。

停停手中的笔，我仰面朝天，眼眶有些湿润。

外公，您可知道？仰望您飞去的那片天空时，我对生命突然有了太多的感悟。比如，那飘忽的风把种子吹到天涯海角。尽管种子能从阳光中分得温暖，从雨水里得到滋润，但唯有那生命赖以生存的土壤却要自己寻找。于是，出现了惊人的奇迹，不毛的石缝间生出了倔强的生命，纵然老根枯了，朽了，旁边仍有一缕顽强的青翠残留着。我顿悟，其实生命又何等顽强！

雨越下越密，在我脸上凝聚成滴，让人分不清是雨水还是泪水。然而，我的笔却无法停下来。

外公，假如您预先知道那是您生命的最后一天，您会怎么安排这最宝贵的一天呢？我想，您肯定会跟钟爱的家人一一道别，而后，把乡邻的健康城堡巩固，还会去做我无法想到的事。这一天，每一分钟都弥足珍贵啊！您对世界有那样多的挚爱，对亲人和病人有那样多的牵念！做什么，我怎么能猜得到？

外公，您曾说，因为生命不仅属于自己，还属于您爱的人和爱您的人。所以，生命至珍至贵。

记得您走后的第一天，我们去看外婆，却意外地看见很多不相识的人为您戴着黑纱，那些全是您生前治疗和关照过的人。那一刻，我不觉悲凉，只觉美好。原来，生命可以以另一种方式存活。就像您那颗善良的心，永远活在人们心里。

我擦擦脸上的泪，叹了口气，低头写下最后一行字——

外公，您安息吧！经过这些，我想我们都明白了：生命原本是宗璞笔下那株有淡紫色辉煌和芳香的生生不息的藤萝，我们一定会让它放出更多的芬芳。

（指导教师：欧咏梅）

警 笛

雷 云

曾经在那如诗如画的水乡，我交上了一位挚友——她是一只美丽而聪明的小青蛙，穿着一身淡绿的裙装，长着一对溜圆的眼睛，有着一颗善良的心灵。我叫她小青，她称我小云。自从我家迁居城里，我和她就天各一方。信，成了沟通我们友情的桥梁。那天，我接到了她的第一封来信——

小云：好！

　　我的生活仍像以前温馨宁静。河里流水潺潺，拉长的水草在水底绿油油地飘摇；岸上杨柳依依，自在的黄鹂在林间悠悠地鸣叫。在这里，我可以和着春风歌唱，携同鱼儿嬉戏，浮出水面跳跃，躺进草丛酣眠。饿了，我就钻进稻田捕食害虫。每到夜间，我们家族还举行盛大的音乐会，那合奏，如海浪滚滚；那共鸣，似清泉涓涓。什么时候你能来做客观光呢？

你的朋友小青　x年y月z日

满纸热情洋溢的话把我的心醉得沉沉的。记得我在回信中，写有这样一句："到时候我一定去！"
可是，天有不测风云。此后不久，她的一封信使我大为吃惊——

小云：好！

　　写此信时，我已欲哭无泪。我的家园上空整天笼罩着恐怖的阴云。你们人类真是太馋太狠毒了，吃尽了山珍海味还不罢休，现在又张开血盆大口来吞食我们这些小生灵。前天白天，两声闷闷的枪响，树上两只黄鹂像断线的风筝栽了下来，从此林间不再有他们悦耳的歌声；昨天夜间，一只小船拖着电网大举扫荡，多少鱼儿落进船舱，从此河里不再有他们游动的身影；今天早上，一群汉子手持网兜疯狂搜捕，我的父母惨遭不幸，从此家中不再有他们慈爱的叮咛。还我朋友！还我父母！——人类毒于蛇啊！

你的朋友小青　y年z月h日

我痛彻肝肠，不禁泪如雨下，惭愧满脸，立刻铺纸挥笔，向她道歉：

小青：好！

　　我对你的遭遇深表同情。我们人类不能没有你们。请相信人类一定会消除这种野蛮而愚昧的暴行！……

你的朋友小云　y年z月j日

前些天，一直惦念着她的我又收到她的一封信，那一行行血泪文字真令我彻底绝望了：

小云：好！

　　这是我最后一次给你写信。接到此信，我已去了遥远的天国。你们人类最无诚信！最自私！现在血腥的捕杀丝毫没有减弱，毁家的大祸又降临我们的头上。昨夜，小河暴涨起泛着泡沫、漾着毒气的污水；今晨，水面上到处漂浮着我的同胞和鱼族的白色肚皮，就连那岸边的杨柳也奄奄一息，耷拉着脑袋，不见生气。我是上岸哭吊父母才幸免于难的。家园尽毁，惨不忍睹！茫茫世界，举目无亲！作为这里的最后一只青蛙，我只有以死来报复！——人类猛于虎啊！

你的朋友小青　z年n月m日

霎时，我的心裂成了碎片，愣愣地握着信，哽咽无语。"对不起，我的小青！"遥望天际的水乡，我默默忏悔，恍惚中，耳畔响起了沉重的声音——大自然警笛长鸣！

爸爸，请听我说……

房临旭

亲爱的爸爸：

住校的我和在家的您又一周没见了。您说过：要把心思全放到学习上，不要念家。可我还是管不住自己，但您放心，我不会影响学习，相反，每次想您，只会让我的学习更有劲头。真的，不是狡辩。

爸爸，我很爱您，虽然女儿从没这样直白地说过。但不管现在，还是将来，这都是女儿内心最真挚的话。

十六年前，我如一颗秕粒被无情抛弃，一天的风吹日晒，一夜的冰冷透骨，我奄奄一息。这时，您出现了，给了我生的希望。您轻轻捧起我，小心翼翼地带回家——一间老而破的土房。您精心呵护我，还将我视为您生命的全部。经过十几年的培育，当年的小秕粒终于长成一棵健康的植株，植株上几片稀疏的绿叶验证了她生命的奇迹。

爸爸，您虽不是我的亲生爸爸，但自您从路边拾起我的那一刻，我就注定要当您的女儿。难忘那个秋收的季节，爸爸，您又一次给了我生命。

金黄的秋天，丰收的大地上，我和小伙伴们疯玩着。忙着收秋的您看到我高兴的样子，也笑出了声。忽然，我们的球滚到了马路上，我不管三七二十一就往马路中间跑，您时刻教导我的"安全"二字，早抛到了九霄云外。我浑然不知一辆摩托车正飞驶而来。您扔下镰刀，飞一般冲过来，把我推开的刹那，"嘭"的一声，您和骑摩托的人都躺在了地上。夕阳下，鲜血那样刺眼。我蒙了，而您，看到完好的我，脸上露出了微笑。爸爸，所有美好的词语都表达不出我对您的爱。

难忘您那粗糙的手，是怎样为我撑起这个温暖的家。

您手上满是老茧和裂痕，指甲又厚又短，劳动这把无情的指甲刀，把您的指甲剪短了，磨厚了。从小到大，我见得最多的就是您这双手劳作的样子，您用劳动教会了我坚强、勇敢，教会了我做人的道理。

您饱尝了不识字的痛苦，所以无论家中有多困难，您都一直支持我读书。那次，您为保护我伤得那么严重，家里雪上加霜，邻居都劝您让我放弃学业，可您却说："只要我活着，就让孩子上学。"我懂您，爸爸。所以我努力学习，我最愿意看到您拿着我的奖状和成绩单时开心的样子。虽然穷，可我们很快乐。贫穷并不可怕，可怕的是被贫穷打败。爸爸，我们是胜者，没有被贫穷打败。

爸爸，您的爱，坚如磐石，即使遇到电闪雷鸣，也依然仁厚宽容。

也许生活的沧桑会在您的脸上留下深深的印痕，无情的岁月会夺去您的青春，生活的艰难会抹白您的黑发，可在我心中，您就是那不落的太阳！被遗弃，我之不幸；被您捧起，我之大幸。因为有您，我成了世界上最幸福的人。

老师说，这封信要寄回家，所以我认真地写，爸爸，虽然您不识字，但我相信您会读懂女儿的心。爸爸，无论何时，我都不会让您失望！

祝爸爸身体健康！

爱您的女儿：小旭

（指导教师：杨金燕）

问候爷爷

崔　劼

昨天夜里忽然梦见您，爷爷。您躺在那张木椅上，手边有些"摔炮"。那些摔炮我记得，五角钱一盒，灰蓝的外壳。梦中，我急匆匆地一头撞进门去，想再看看您。可梦忽然断了。门，走进那扇木制的铁皮门后，我就醒了。

醒来时，天色还早，阴沉沉的，我忽然想起小时候您看我玩摔炮的情景。那是下午，灰黄的天，您细瘦宽阔的大手扶在我肩上，出门走一个来回，我就可以在院子里把摔炮摔得"啪啪"响了。有时，您就躺在屋里那把木椅上，盖着薄被，看我摔摔炮。看着您慈祥的神情，我越摔越来劲。

梦里，您的那床薄被盖歪了，没遮住那双大手。青筋暴突的大手，梦里灰得几乎分辨不出是不是您的，只是冰凉地垂在那里。

冷吗？爷爷，我心里这样想着，却不能进屋为您盖好薄被。

一年前，我回去看过老屋。墙皮已斑驳得不成样子，吐着新绿的枝芽显得很瘦弱。那些您和奶奶种的葡萄的枝丫已绕梁了。您想它们吗，爷爷？

今天是大年初一，政府规定不能放炮。我怀着惆怅的心情去看奶奶时，意外地在窗台上发现了一盒摔炮。它布满灰尘，静静地躺在窗台上，几乎是在凝望着我。刹那，您那藏在金丝眼镜后的亲和目光，以及木椅、薄被、大手、枯藤，几乎一齐跳进我的脑海中，我的眼睛酸酸的。我拾起一颗摔炮，想重温跟您在一起的心情，却始终拾不起。我怕那一声炮响会炸去故人的心魂。渐渐地，手紧紧捏着的力量也消失殆尽。手松了，泪落了，我几乎落荒而逃。

逃？我逃得出您慈爱的目光吗，爷爷。

爷爷，此时再念一声，已泣不成声，又不舍别离。倘若还能在梦中遇到您，门，那扇木制的铁皮门后，请为我留着，留着您现在的世界给我看。

我很想您，爷爷，希望您在那个世界一切安好。

（指导教师：田德银）

第六部分

银镯的故事

"有什么事吗？"雨抬起头来，面上带笑。安乔觉得这个笑容淡淡的。

她突然丧失了勇气。"呃……我……我……我想……"安乔感觉心快跳出来了，细密的汗珠顺着脊背往下流，手在兜里把贺卡的一角捏得汗淋淋的。

她话还没说完，就在一阵"Merry Christmas"的欢呼声中被迅速涌向雨的人潮挤开了。女生、男生们拿着礼物贺卡成堆地往雨前面放。雨眉飞色舞，开心得合不拢嘴。没有人注意到安乔，被挤到一边面色苍白的安乔。

——赵静颖《窗外》

银镯的故事

王艳婷

月下，已不会说话的姥姥总是在搓那只银镯……

很奇怪，打记事起，姥姥总是在搓那只银镯。

不知那只银镯有什么魔力，如此神秘地吸引着姥姥。后来，我才发现，姥姥日日必干的事，不是搓银镯，而是在捻一条长长的情线，这头拴着姥姥，那头连着那个我从未见过的舅舅。

前年夏天，姥姥到我家住了一段，妈妈让我和姥姥睡在一块儿。无论我怎样去逗姥姥，她总是不说话。

每当月色入户时，姥姥就坐在窗前，掏出那只镯子，搓啊搓的。月光下，我看见姥姥眼里有东西和镯子一样，闪啊闪的。

那晚，我自知姥姥不会理我，独自躺在那儿，看着姥姥。

"妈，您怎么还不睡啊？都这么晚了！"妈妈以为我睡着了，走过去和姥姥说话，"别搓那镯子了，再怎么搓他也不会回来了！快睡吧，坐在那儿怪凉的……"妈不住地劝姥姥。

"他是谁呀？"我奇怪地问妈妈。

"呀！你怎么还没睡呢？快睡去！明儿还上学呢！"妈没告诉我，我也没敢多问。但那个神秘的人，已深深地印在心里了。

由于心里藏着事儿，憋闷得很，我忍不住了，决定自己去问姥姥。夜里，当姥姥又拿起镯子时，我和姥姥坐在一起，凝望着窗外似水般柔和的月光。不知过了多久，我总算开了口："姥姥，那个，那个……"看着姥姥眼里闪啊闪的东西，我的喉咙好像被塞住了。

"你想问'他'是谁，对吧？"

"啊？嗯……是。"

"唉……"姥姥长长地叹了口气，"好多年啦，他还是没有回来。"

我没有追问，只静静地看着月亮。忽然有种感觉，大概像我们这样在静夜里看月亮，都会有月中嫦娥独坐广寒宫之感吧！"姥姥一定很不好受吧！"我猜着。

　　"是吗？"我将目光转向姥姥，只见那闪啊闪的东西早已流了满脸。

　　"他是你舅舅，你没见过他的。那年，他说要走啦，孝敬了我一只手镯。他还说，回来时要看见那手镯是亮锃锃的！让我天天搓，搓着搓着他就回来了……"姥姥开始哽咽了。我拿来毛巾给她，她擦了擦，好久才停止了抽泣。"唉……"又是一声长长的叹息。我以为她不会说下去了，没想到她却打开了话匣子。

　　"我就在门口那棵柳树边等他，天天等，天天搓镯子。没几年，就跟你妈你姨到这儿来了，一点儿音讯也没了。我还天天搓着，盼着他回来呀！"……

　　第二天，姥姥离开了我家。没多久，害了一场大病，从那之后就不会说话了，可她还是天天搓那只镯。我跟妈说了那晚的事儿，妈却不信，说姥姥不可能说那么多话。也许是我打开了她的记忆吧。我的姥姥天天念着舅舅啊！

　　她还一直保留着那份执着的亲情，也一直保留着亲情的见证——银镯。在明月升起时，已不会说话的她还是一直在搓那只银镯。我想，那根情线也快捻到舅舅那边了吧！

　　　　　　　　　　　　　　　　　　　（指导教师：李占梅）

虚掩着的门

孟 月

　　安在镜子里看到了自己两颊上少女特有的红晕，她将手放到脸上感受那团火热。突然，她的心又回落到冰点——那丑陋的兔唇让她像一个怪物，她趴在床上哭了。

　　安喜欢天使，可她知道自己永远只能是妈妈的天使。同学们戏称她为"兔宝宝"，她自卑地活在自己的空间里，她觉得那扇通向阳光的门对她是关闭的。于是，她迷上了聊天。她有很好的文笔，所以网友都喜欢和她聊，在这里她享受着"五月的天使"带给她的快乐。

　　但这份平静很快被一个男孩打破了，他是她网友中最风趣的一个。可那天他却给了她一个让她永世难忘的帖子：我欣赏你的文章，可我发现你的文章里总是充满着阴影，美丽是你避讳的一个词。我相信你是一个可爱的女孩。你的心灵应该是充满阳光和美的……

　　从此她喜欢上了和他聊天，因为他好像很了解她，他会听她倾诉心中的痛苦和对未来的茫然。但她不敢告诉他自己是一个兔唇女孩——她怕他会嫌弃她。终于，他开始约她见面，他们是一个城市的，可她不敢去见他。他说，无论她是什么样子，她在他心目中永远是一个天使。这是除妈妈外第一次有人说她是一个天使。

　　不知过了多长时间，安的心渐渐有了一种期盼，也许他不会介意。安终于决定了，看到他还在线，她颤抖地敲下一行字：明天下午三点半在中心车站见。

　　穿着一身白，扎上公主头，安在妈妈的微笑中走出了家门。在车上，她尽量使自己不颤抖。"请各位乘客注意了，中心车站已经到了。"售票员的声音让安的心更加紧张了。天哪！安看到了站台上那个微笑着的男孩，他手里有一束百合花，那纯洁的白刺伤了安的眼睛，安甚至感觉到了他在看自己。可直到汽车再次启动，安也没有勇气下车，那束百合花渐行渐远。

接下来的一个星期，安不再上网。星期三，邮递员送来了一个包裹。她颤抖着打开了它，那是风干了的百合花瓣和一张画。花瓣躺在安的手心，洁白的。画让安哭了：一扇大门虚掩着，一个长着洁白翅膀的女孩正推开它，阳光从门缝里洒了进来，而那个女孩微笑的脸上有着和安一样的嘴唇。

百合花瓣在泪水中渐渐饱满，安的心也渐渐踏实，她知道自己可以推开那扇虚掩着的门，因为那个男孩用他仅有的一只手画出了天堂。

117

第六部分　银镯的故事

人来人往

张 婧

小默是一个沉默的女孩。

小默在沉默中忍着伤害，像一只受伤的幼兽，而那含泪的双眸中却透着哀怨。

是的，小默恨母亲。那个孕育她生命的人本该是她最爱的天使，可是天使却飞走了。

小默的父亲患有间歇性精神分裂症，偶尔会发作。天使却在这个时候抛弃了他们父女。从那以后，父亲更加失常，总是打骂小默，他把对小默母亲的恨也撒在了小默身上。小默不怪父亲，她只恨那个女人，要不是她离弃了自己和父亲，父亲也不会病得这样重。

"如果一家三口在一起，治好父亲的病，不是很好吗？为什么，为什么你非要走？"小默呢喃着。在父亲的拳脚和扭曲的神情中，小默哭泣着，呻吟着，诅咒着……

这种抑郁、沉默的生活一直到格子的出现，才裂开了一条缝隙，一缕阳光照进了小默的心房，一天天愈合着她滴血的伤口。

小默是在幸福酒吧里认识格子的，小默常到那里去，也许是相信在幸福酒吧里真的能找到幸福吧！

小默真的找到了，那时格子在唱《红豆》，声音如王菲一般温柔哀婉，可是格子眼睛里却充满着阳光。

格子对小默说："小默，我是格子，我要在你的心里画满幸福的格子。"

格子做到了，有格子的日子，小默开朗了很多。

小默不再只嗅到低湿阴暗的小屋里父亲浑身的酒气，她嗅到了空气里弥漫着的花香；她不再只听到父亲痛苦的呻吟和恐怖的咒骂，她听到了阳光下鸟儿欢快的歌唱；她不再畏缩在黑暗里抽泣，她学会了在阳光下慢慢舒展双臂、拥抱阳光……

可是，有一天，小默找不到格子了。酒吧老板说格子好多天没来了。"也许是格子暂时有什么事吧？"小默想。

小默依然每天去酒吧等待格子。一连七天，格子还是没有出现。小默觉得自己又被抛弃了，就连格子也不要她了，她又缩到了角落里。

又是七天过去了，格子依然没有出现。但就在小默绝望的时候，一个粉色的信封送到了她的手中——是格子的。

    小默，我必须走了，以后也许要走得更远。世界很大，有人来，有人往。天使也要飞，但她留下了爱，请你用我给你的那张幸福的格子装下这些爱，千万不要让这些爱也走了，好吗？

    人来人往，爱却永恒！

    我要用我的今生帮更多的人在心上画更多的格子装更多的爱。

格子

风中，泪落。

这世间，人来人往，爱不往。

妈妈，你怎么才来……

徐艳伟

年轻的妻子得了血癌。丈夫依偎在病榻前。弥留之际，丈夫俯耳在妻子颤动的唇边。妻子的双颊上浮起一丝微笑，喃喃地低语着："告诉女儿……我去了……一个遥远的地方……"丈夫在无声地颔首。

……

当两岁的女儿找不到妈妈时，抽噎着问爸爸："妈妈呢？妈妈去哪儿啦？"女儿纤弱的小手轻摇着爸爸的衣袖。丈夫将女儿揽在怀里，轻吻着那委屈的泪水盈盈的双颊，微笑着说："乖女儿，妈妈去了一个遥远的地方，妈妈说，不要哭，乖乖地等她回来，好吗？"女儿揉着泪眼，不哭了，天真地问："妈妈会想我的，是不是？"

丈夫放弃了工作，伴着女儿，守候着那可怜的失去母爱的小生命。女儿在爸爸的精心呵护下快乐地生活着。然而，这并不能抚慰女儿那份单纯的思念。她时常摔了玩具，揽着爸爸的脖子哭着要妈妈，可爱又可怜的小女儿不会忘却她亲爱的妈妈！

一周之后——在一个明媚的早晨，丈夫意外地接到一封信，看着那熟悉的娟秀的字，那俨然是妻子的笔迹。他的眼眶潮湿了。

"你和我亲爱的小女儿，你们还好吗？告诉女儿，妈妈多么、多么的想她……我在远方祝福你们，平安幸福，快乐永恒……我的信，愿它伴着你们，妻。"

妻子是细心的，她告诉丈夫怎样抚慰女儿，怎样照顾家庭，如何做爸爸，如何做妈妈……

女儿偎依在爸爸的怀里安静地倾听着爸爸给她朗读信中的一切，那黑亮的眸子里那么专注，那么传神。

是那一封封如期而至的信，携同深沉的母爱滋润着女儿幼小的心田。

一年过去了，女儿不再纠缠爸爸。只是想，只是想妈妈的信，妈妈亲昵的问候，妈妈那双不太清晰的眼睛。

"妈妈现在是什么样子？"女儿在想。两年了，她只记得妈妈那双模糊的慈爱的眼睛。

在热切的期待里，丈夫接到最后一封信。丈夫的眼睛掠过一丝不安，一丝犹豫。他不再念给女儿听。

在不久的日子里，丈夫认识了一个酷似妻子的女朋友。他讲述了他、女儿和妻子的所有故事。女朋友被深深地打动了，她问他："我可以见见你们的女儿吗？"

又是一个美好的清晨，门铃响了。丈夫过去开门，小女儿却早已抢先一步。他看到，女朋友在门外羞涩地笑着，小女儿待在那儿，仿佛在努力地回忆什么。

"她的眼睛怎么这样亮，是妈妈吗？"那俨然是妈妈的眼神。

"来吧，我的女儿。"女朋友弯腰张开了双手。

"她在唤我呢！是妈妈！"小女儿飞快地投进女朋友的怀里，失声地喊：

"妈妈，你怎么才来呀！"

丈夫愣了。女朋友，不，女儿的妈妈正紧抱着抽噎的小女儿，欣慰而又怜惜地轻拍着女儿的后背：

"噢，宝贝，不哭了，妈妈以后再也不离开你了。"……

拄着双拐的母亲

刘　晴

冬天的某个早晨，城西老街的一栋老居民楼突然起火。那是座20世纪40年代修建的砖木结构的老房子——木楼梯、木窗户、木地板。居民们纷纷往外逃，才逃出一半人，楼梯就"轰"的一声倒塌了。剩下的九个居民被逼到唯一没烧着的三楼楼顶，惊恐地等着消防队救援。

可是，楼房夹在几条窄巷之中，消防车过不去，云梯架不开。底层的梁柱烧得"嘎吱嘎吱"响，随时可能倒塌，情势十分危急。消防队长灵机一动，找来一床旧毛毯，和其他几名消防员一起拉开，对着上面的人大声喊道："跳！一个一个往毛毯上跳，一定要背部着毯！"背落毛毯，受力均匀，不会因砸破毛毯而出事故。

一个男人跳下，屁股着毯，没有受伤；紧接着一个小孩跳下，背着毛毯……人们一个接一个安全获救。

只剩一位裹着大衣的女人站在楼顶犹豫着，不敢跳。这时，火势越来越猛，一根大柱子忽然"咔嚓"一声烧断了。惊叫中，人们开始不停地责骂那胆小的女人。消防队长喉咙嘶哑地喊道："跳啊，你赶紧跳啊！再犹豫就来不及了！"那女人感到小楼开始晃荡，终于下定决心跨过护栏"跳"了下来……

瞬间，人们齐声惊呼。她不是"跳"，而是向前走——双腿向下。女人身形就像一段木柱直直地坠落在毛毯上。由于受力面积太小，毛毯"嗤"的一声裂开，女人的双腿重重地跌在地上，"叭"的一声，双腿折了，鲜血直流。

"真笨，真笨！"人们一边骂一边围过去。

但是，那奄奄一息的女人在消防队长的怀里露出一丝惬意。她的大衣敞开，她的小腹高高隆起："已经九个多月了，"女人轻声地说，"赶紧送我去医院，孩子还能活……"

那孩子就是我！

当时，妈妈在想：如果背部下落，孩子不保；如果头部下落，母子不保；双腿下落，或许能以自己的伤残换得孩子的安全……

如今我读初三了。每到周末，妈妈总拄着双拐来接我。每每在人流中认出那拄着双拐的身影时，我的泪水就忍不住在眼眶里打转。

第六部分　银镯的故事

窗　外

赵静颖

安乔很孤独，也很清高。班上的同学背地里都叫她"仙人掌小姐"。

课间，教室里总是喧闹的。对于他人的欢乐，安乔只是个旁观者，仿佛隔着一层玻璃窗，她在里面，别人在外面。直到那个有白胡子老头和礼物的节日不期而至。

到处张贴着商家的海报，礼物满天飞，整个世界被装扮得异常温暖，甚至这气氛也传到了安乔常看的那本文艺杂志上。

不大不小的卡纸折成对半，绘制得很精致，封面上是两个女孩子，背靠背，安静地闭着眼睛，周围是暖暖的火炉，大大小小的礼物盒，多美！难以想象这样的东西会是夹在杂志里的附赠品。安乔想，总得把它送给人才好，可送给谁呢？

给谁？安乔的身子突然抖了一下，觉得自己真是奇怪，为什么会想到她们？一群没心没肺整天在教室里打打闹闹的疯子，从来不理她……

"那是因为你从不主动和她们说话！"从身体的某处忽然传来一个不容置疑的声音，"你从不主动接近她们，你冷漠，你清高！"

"可是……""没什么可是，送给她们吧！你不是一直想要走近她们吗？送吧！"

安乔不记得是怎么努力想出那些明朗的祝福，又如何写上去的，只记得，她很虔诚，像培植一颗小小的种子般小心。

然后，12月25日，安乔永远记得那个阳光明媚而空气阴冷的午后，她站在了雨的课桌前。雨是班上最有人气的女生，成绩优秀，多才多艺，能言善辩，常纵声大笑，那笑声明朗得可以抖落安乔心底的小小尘埃。

"有什么事吗？"雨抬起头来，面上带笑。安乔觉得这个笑容淡淡的。

她突然丧失了勇气。"呃……我……我……我想……"安乔感觉心快跳出来了，细密的汗珠顺着脊背往下流，手在兜里把贺卡的一角捏得汗淋淋的。

她话还没说完，就在一阵"Merry Christmas"的欢呼声中被迅速涌向雨的人潮挤开了。女生、男生们拿着礼物贺卡成堆地往雨前面放。雨眉飞色舞，开心得合不拢嘴。没有人注意到安乔，被挤到一边面色苍白的安乔。

兜里的贺卡已被汗水浸湿得软塌塌的了。

安乔无声地退回那个角落里，把头搁在桌子上。眼泪，一滴滴涌出。

耳边不断响起雨的声音："这张给你，这张给你，都是我用心挑的哦。"雨的声音尖锐地刺痛着安乔。

"这张给你，安乔。杂志里只有这一张哦。猜你一定喜欢淡蓝色，对不？"

给我？安乔抬起头，看见雨微笑着，手里扬着一张卡片，淡蓝色，封面上两个女孩背靠着背。

"高兴点，别总闷闷的一个人，我的仙人掌小姐。"雨说完转身走了。

安乔咬紧嘴唇，看着雨的身影，轻轻点点头。

原本以为，孤独像一扇窗，窗内的人看得见窗外风光旖旎，可那美景，永远触摸不及。可现在，安乔知道了，阳光是可以穿透玻璃窗的。

窗外，阳光正好。

（指导教师：周洁）

125

第六部分 银镯的故事

一道数学题

左 凯

晗怕老师，怕父母，怕同学，怕作业。不为什么，只因为她是班上公认的特差生。晗最怕的是同桌文那轻蔑的眼神，文是班上的尖子生，晗和他同桌感到无地自容。

数学课结束后，老师留下一道题，叮嘱每位同学必须完成。晗偷瞄了一眼同桌，文镇定自若、从容不迫地唰唰几笔做完了题，并得意扬扬地望了一眼晗。晗的心又被深深地刺痛了一下。

于是就有了晗三个小时的奋战，于是就有了晗书写密密麻麻的草稿纸。终于，当时钟敲响十二下时，晗捧起写得密密麻麻的笔记本，看着来之不易的答案，在夜深人静时放声大哭。

第二天，数学课上。

文在黑板上洋洋洒洒地写下了解题过程，而后满脸自信地等待着老师的表扬。然而老师只是含笑不语。晗抬头望了一眼黑板，刹那间，她呆住了。截然不同的答案让晗近乎崩溃！晗闭上眼，恐惧一点点涨满心头，三个小时的努力顷刻间化作云烟。

"还有同学有不同意见吗？"

一束光照亮了晗黑暗无边的心底。"也许，还有希望？"冥冥中一个声音在问。晗激动地涨红了脸，终于举起了手。

"晗，你来。"老师的话犹如一粒石子落入水中，语惊四座。晗这才如梦初醒，她真切地听到了周围同学的议论："嗨，她搞什么名堂？""简直就是浪费时间。"晗拿着本子的双手抖了，她看到的是文不屑的眼光和大家嘲笑的表情。"晗，你过来，把解题过程写出来。"老师的话像无形的手，推着晗在一片冷嘲热讽中挪动着步子。粉笔，断了一次又一次，晗的动作近乎机械了。

可是，议论声越来越小，最后教室里寂静得只听到晗的抽泣声。当晗写完最后一个数字时，教室里爆发出热烈的掌声。晗抬起头，望着台下一双双赞许的眼睛，流下了眼泪。

晗在哭，但这次晗感到的不是害怕，也不是畏惧，而是——快乐。

第六部分 银镯的故事

城里人·乡下人

王　欢

深秋。

城里。一幢楼前，停着一辆载着家具的卡车。几个大汉正搬运车上的家具。不一会儿，车上空了。

"谢谢啦。要不是你们，俺真不知怎么办呢！"车旁一位妇女对大汉们谢道，她穿着一件单薄的棉裤，鼻子被风吹得通红。

"妞儿，快，谢谢叔叔。"妇女示意身边的女儿。

"谢谢！"一声甜甜的童音传来。女孩的眼睛水灵，辫子上系着花结，笑起来脸上还有一对深深的酒窝。

"没啥，乡里乡亲的，你们母女搬进城挺不容易，往后有事，招呼一声就是了。"说完，卡车缓缓地开走了。

城里的房子就是和乡下不一样，大家都爱将自己锁在那方方正正的"笼子"里。妞儿好奇地打量着这儿："妈，这里人家的门怎么总是关得紧紧的？"妞儿妈觉得应该和邻居们打个招呼，于是来到对门的人家。尽管门边安置着一个门铃，但妞儿妈不懂这玩意儿，径直"咚咚咚"敲起门来。

"谁呀——"门开了。一位满脸脂粉的少妇出现在面前，她警惕地打量着拘谨的妞儿妈。

"你好，俺是刚搬进来的……"

"哦，明白了，从乡下来的吧？记住以后要按门铃，知道吗？"

"砰！"——门被关上。

妞儿妈呆呆地站在门外。

几个月过去了，空中扬起的雪花宣告着冬天的来临。

不知是谁老往楼道里乱扔垃圾。城里人都怀疑是妞儿妈丢的，因为在他们心目中，觉得乡下人总是很邋遢。

妞儿妈在乡下有早起的习惯，每天上班前，她总是默默地把每户人家门口清扫一遍，她成了楼里的"清洁工"。

楼里人以为有了活雷锋，整天夸这位不知名的英雄，妞儿妈听着大家的议论，欣慰地笑了。

一天早晨，妞儿妈照例拿起扫帚一层一层地扫起来。扫着，扫着，扫到了自家对门少妇的家门口。"吱——"门开了。"啊！"少妇瞪大了眼，"原来是……""没啥，闲着也是闲着，俺觉得楼道太脏了，所以才……"

她们就这样对视着……

少妇脸上泛起了红晕，或许天有些冷，或许……

妞儿妈憨笑着……

冬天来了，春天还会远吗？

第七部分

珍藏在心底的笛声

老人爆米花时非常投入，身子微微前倾，左手拉风箱，右手摇着熏得乌黑的装爆米花的圆铁锅。风箱呼哧呼哧作响，圆锅吱嘎吱嘎欢唱，空气中弥漫着爆米花的诱人香气。经过一段时间的等待，在我们焦急的期盼中，老人终于用一种高深莫测的表情看了看仪表说"好了"，接着就直起身，用一个油腻腻的麻袋，把那黑漆漆的铁锅两头扎紧裹住。这时，小伙伴们赶紧四散而逃，小的吓得躲到大的后面，大的则用手紧紧地捂住耳朵。惶恐中，只听"嘣"的一声爆响，香喷喷白花花的爆米花出炉了，我们赶紧围上前去。

——陈雯雯《爆米花》

珍藏在心底的笛声

田 园

　　我从不把什么东西珍藏在身边，因为，我总觉得，东西放在身边是会遗失的，只有珍藏在心里的，永远都不会忘却……

　　那是一年暑假，由于准备参加钢琴考级，我只能按捺住考上高中的喜悦，闷在家里练琴。天那样闷热，我嘴里含着冰，发狠地练习着。从早晨到中午，再到傍晚，终于可以甩一下酸疼的膀子了。情不自禁地，我走到阳台上……

　　忽然，我听到一个声音，和着夏日傍晚那特有的微风，忽而朦胧忽而清晰，飘入我的耳朵，拂过我的脸颊，掠过我的刘海儿。树叶沙沙作响，晚霞妖娆柔美。在这一刻，世界静得出奇，仿佛只有这声音存在。哦，是笛声，是有人在吹笛子。这笛声婉转悠扬，流畅舒心，只有心静的人，才能吹得如此之好。

　　我陶醉了，沉静了……许久，才从思索与想象中醒来。

　　后来的几天，我注意到每天傍晚，这笛声都会响起，只是，后来听到的笛声总没有第一次那么好了。每天，只要我一放下琴，笛声便准时响起，我就跑到阳台上望着楼下的建筑工地，仔细地听。我想象着，吹笛子的是个孤独的老人，在诉说着心事；也许是个孩子，我的眼前浮现出一个孩子骑在老水牛背上吹笛的情景……

　　有一天，当我照例走到阳台上向下看时，我看到一位建筑工人坐在工地上，他正吹着笛子。忽然，笛声戛然而止；当它再次响起时，我惊异地发现，他吹的是我弹的曲子！虽然笛声时断时续，但我仍能分辨出来，这是我喜爱的一首曲子。不是亲眼所见，我无论如何也不能相信，一个人仅凭耳朵听曲子，就能用手中的笛子原封不动地吹出来，而且吹得大体准确，虽然还不是太熟练。做到这一切的，竟是我往日十分轻视的工人？我感到震惊！

晚上，妈妈也谈到了这位工人："你看看人家，天天在太阳底下盖房子，比你累多了吧？人家晚上雷打不动地吹到你上床，他活得不是挺轻松嘛！"

从此我不再叫苦了。早晨，梦中的笛声把我唤醒；晚上，窗外的笛声陪我入睡。在我练习最喜爱的曲子时，笛声总悄然响起，只是，轻轻地，似乎生怕被我听见。终于，他不再害怕。于是琴声和着笛声融会在一起，分外地和谐、优美、宁静，简直妙不可言。我激动了，泪珠在眼眶里打转，我觉得，我找到了这首曲子的真谛，是这位工人朋友帮我找到的。是的，我的感情得到了升华……

考级那一天，我的耳边始终萦绕着笛声，我以自己的方式理解着乐曲，终于，我考上了十级！当我兴奋地冲到阳台上，准备鼓起勇气把这个好消息告诉那位素未谋面的朋友时，我怔住了。几天的激动与紧张，使我忘却了眼前拔地而起的大楼。是的，我将永远不能再与那笛声合作了！

不知在哪一天的哪个角落，我又听见了笛声。我总觉得这笛声好耳熟，原来，那笛声，那段记忆，已被我永远珍藏在心底！

亲爱的朋友，你是否仍在吹笛子？你知道吗，一位远方的姑娘多么希望和你合奏一曲——《思乡曲》！

133

第七部分 珍藏在心底的笛声

爆 米 花

陈雯雯

　　记得小时候，每当临近春节，总有一位老人拉着装有爆米花工具的板车到镇上来。老人吃力地拉着车子在前面走，我们小孩一窝蜂地拥上前去，推的推，拉的拉，只想早点吃到那香喷喷的爆米花。等到老人在一个角落里支起爆米花工具时，小伙伴们便飞快地跑回家，把这个好消息告诉家里人，然后讨得一毛或两毛，舀上一碗米，飞奔到老人身旁，自觉地排起长长的队伍。老人随身带着一个缸子作为计量器具，一缸子米大概有一斤重。只需要两毛钱便可爆三缸子米的爆米花。

　　老人爆米花时非常投入，身子微微前倾，左手拉风箱，右手摇着熏得乌黑的装爆米花的圆铁锅。风箱呼哧呼哧作响，圆锅吱嘎吱嘎欢唱，空气中弥漫着爆米花的诱人香气。经过一段时间的等待，在我们焦急的期盼中，老人终于用一种高深莫测的表情看了看仪表说"好了"，接着就直起身，用一个油腻腻的麻袋，把那黑漆漆的铁锅两头扎紧裹住。这时，小伙伴们赶紧四散而逃，小的吓得躲到大的后面，大的则用手紧紧地捂住耳朵。惶恐中，只听"嘣"的一声爆响，香喷喷白花花的爆米花出炉了，我们赶紧围上前去。

　　这时候，捧上一把滚烫醇香的爆米花放到嘴里，慢慢含化，那香甜的味道真是世上少有的。那时候大部分家庭生活拮据，但是大人们总会想方设法在过年前多爆几锅米花，放在家里藏起来。稍微富裕的人家还会爆些黄豆、蚕豆之类。总之，只要能爆的都拿去爆。等到过年时，大人们就会把大袋的米花拿出来，让孩子们快快活活地吃个够。

　　大年初一，小伙伴们一路欢笑，一路嬉闹着去拜年。每到一家，都可以得到主人赏赐的一裤兜爆米花。一天下来，每个人肥大的棉袄口袋里都被塞得鼓鼓的。那是我们最惬意的时候了。

　　一晃很多年过去了，我们长成了大孩子，爆米花也不再是什么稀罕物了。如今，大街上再也难觅传统爆米花的身影。商店里出售的爆米花，颜色虽然好看，闻着有一股奶油的甜香，吃起来却总觉得缺了点什么，心中不免有几分惆怅和落寞。

前几天，路过街头，看到一群孩子围着一个爆米花的摊子很稀奇地看着，但全然没有我们年幼时排队期待的那种热闹和欢欣，没有听到孩子们那种令人振奋的喜悦的声音，我心里感到有些遗憾。

爆米花出炉的那一瞬间，我居然习惯性地捂紧了耳朵，似乎又回到了逝去的童年时代，眼前依稀出现了那位爆米花老人的身影，又闻到了爆米花的醇香……

135

哑巴爷·银杏树

王 琪

故乡有一座定向寺，寺里有一棵古银杏树。每当看到那棵苍劲的银杏树，我就会想起哑巴爷爷。

哑巴爷爷是村里的孤老，就住在这座寺里。他平日总穿着一件深蓝色的外套，佝偻着腰，稀疏的头发总是蓬乱着，苍老的脸上嵌着一双深邃的眼睛，让人感觉他瘦得可怜。哑巴爷爷的日子过得非常凄清，与他相伴的只有寺内那棵银杏树。无论酷暑寒冬，哑巴爷爷总是精心地照料银杏树，有时还对着树咿咿呀呀。谁也不知道他说些什么，也许是他性情古怪吧。

古银杏树是我们村一道美丽的风景。春天大树枝繁叶茂，夏天树上开满了花儿，秋天小巧玲珑的银杏果挂满了枝头。据说这果子大人吃了可以延年益寿，小孩吃了可以聪慧无比。于是，我们一帮小孩子便想尽一切办法去谋得它。有的用砖头砸，有的用竹竿敲，有的用弹弓射，哑巴爷爷因此也吃了我们不少"子弹"。

一年秋天，银杏果结得比往年更多更大，我垂涎欲滴。一天午后，哑巴爷爷沐着阳光，倚着风儿在银杏树下的藤椅上睡着了。我悄悄地溜进寺去捡落下的果子。正当我满载欲归时，哑巴爷爷醒了。我吓得扔下果子，撒腿就跑，却被他一把抓住，拽进小屋。

我心想，这下可完了，这个古怪老头不知道会用什么方法来责罚我呢。我害怕地闭上眼睛，忐忑不安地等待着。好大一会儿过去了，身上却没有感觉到一丝疼痛。我悄悄地把眼睛睁开一条缝儿，却发现他正朝我笑呢。我惊讶地睁大了眼睛，好奇地看向他。哑巴爷爷见我睁开眼了，便将两大包东西塞进我的怀里，嘴里咿咿呀呀，手也不停地比画着，脸上的神情看上去有些急切，似乎想告诉我些什么。我疑惑地打开怀里的东西，竟然是熟透的、颗颗饱满的银杏果。我抬头望向哑巴爷爷，从他的神情和手势中，我似乎明白了什么。当我带着这些东西离开时，我的心里有种甜甜的感觉。

从此，我便成了寺里的常客，孤单的哑巴爷爷不再孤单，我们一起捡银杏果，一起照料银杏树。哑巴爷爷依然会对着银杏树咿咿呀呀。日子长了，我渐渐明白了哑巴爷爷的意思。在他的心中，银杏树是神圣的，他对着树儿咿咿呀呀，原来是祈求树神保佑我们一方平安。从此，我对银杏树也充满了敬意。在我的带动下，小孩子们再也不去伤害银杏树了，而是有空就来寺里和哑巴爷爷一起照料它。每当我们将捡来的果儿送给人们时，哑巴爷爷都会咧开嘴一笑，那张笑脸使我感到一种从未有过的质朴。

依然是午后，依然是和煦的阳光、温暖的风儿，望着那片片舞动的银杏叶，我祈祷哑巴爷爷幸福安康……

（指导教师：杨菊）

第七部分　珍藏在心底的笛声

那一个角落

赵　青

那是夏天的一个清晨……

当我真正清醒过来的时候，我意识到自己又要迟到了。匆忙间拎起书包，随手抓了一根放在桌上的油条，冲出了家门。心里嘀咕：这种紧张单调的生活何时是个头啊？我三步并作两步冲下楼梯，直奔我的心爱的"宝马"——那辆除了铃铛不响哪儿都响的山地车，别看它破旧不堪，可也跟着我风里来雨里去好几年了，无数次踏着铃声进教室全仰仗他老人家的吃苦耐劳，全速前进啦！

时间不等人，我开足"马力"向学校飞驰而去。连闯几个红灯后，我又超速"飞"过了一个深陷于路面的井盖，随之而来的剧烈的颠簸让我叫苦不迭，我不由地担心车链子会被颠下来……不容我多想，车子就已经蹬不动了，果然不出我所料，真的应验了"关键时候掉链子"这句话。唉！原来快也要付出代价啊！

还好，这种事情经常发生，我已经具备了一级修理工的专业能力，原打算三下五除二挂上链子就可以继续骑了，可是这一次却没有那么简单。原来链条卡在车轴里了，我用尽了一切办法，甚至用上了钥匙、剪刀之类的东西都无法将它"撼动"，它还是死死地卡在那里，岿然不动。眼看就要迟到了，路上的车流渐渐多了，喇叭声此起彼伏，一辆辆自行车从我身边过去，骑车人有意无意地打量我一下就匆匆离去了。喧嚣的马路上，只有我和那辆破车孤零零地占据了一个角落。

很崩溃地在想自己究竟应该如何解决这个难题，却又不清楚下一秒怎样做才好。心情变得很糟糕，站在原地焦躁不安，不由自主地狠狠踹了车子几脚。

"小姑娘，车子坏了？爷爷帮你修吧！"闻声看去，是一个瘦小慈祥的老人在跟我说话。

"嗯，刚才骑过一个井盖，颠了一下，车链子就掉了。"我迅速把车子塞给他，期待着他能在最短的时间内帮我修好。

低头看表，秒针不知道走过了多少路，大概连它自己都记不清楚了。老人银白的发丝在晨光下熠熠生辉，那一双手灵巧地在车轴之间活动着。

"好啦！"就在我怔怔地看着老人的时候，温和的声音再次响起，"上学去吧，路上慢点，可别为了争点小时间不顾安全啊！"转眼间我的"宝马"又运转自如了。我感激地冲老人点点头，微笑着说："谢谢您，爷爷您慢走。"不知道这样的感谢他是否在意，但我知道，在这个普通的街角，他随手的帮助对一个无助的学生是多么重要啊！

那天我照例踏着铃声走进教室，那天我一直带着暖暖的微笑，帮值日生擦了黑板，帮课代表抱了作业，晚上回家还给爸爸泡了一杯茶……

时间的流逝淡化了生活的琐碎，却将有的人有的事打磨得更加光亮，就像那天早晨的那个街角，渐渐居于我内心爱的角落中，任时间冲刷，依旧璀璨如星。

珍藏的记忆

付 雨

那是前年夏天的事情了。

在家里放松了两个月的我们，开始了人生中耀眼的中学时代。学校没有急于让我们上课，而是把开学的第一周定为了军训周。火辣辣的太阳，严格的纪律，高强度的训练，无一不在考验着我们。

第一天的军训，我心里就有些害怕。因为教官说了，哪个地方做不好就要挨训。于是大家都努力把每个动作做到最好。我也用心做着，腰板挺得直直的，在太阳下一动不动地站着，任汗水顺着脸颊一泻而下。虽然教官说过谁想动就打报告，但是谁也没有动，谁也没有喊报告，任凭阳光肆意地撕咬，都较着劲地坚持到底。虽然太阳火辣辣的，虽然各种军姿对我们来说简直就是高难度的动作，但我们却感到那么满足，因为我们知道，这不是苦，而是无上的荣幸。

但是，晚上回到寝室，我摸着身上隐隐发痛的部位，不快之意还是浮上心头。我久久没能入睡，心里直抱怨学校不为我们着想……

第二天早晨，活泼的小雨打压了往日的高温，我们也得到了通知，在教室接受革命教育。雨一直没有停，到上午第四节课时，下得更大了。突然，一阵尖利的哨声急促地响起，让我们的内心一阵恐慌。教官说了句"紧急集合"，就第一个跑了出去。我们也赶紧跟着往外跑，直冲到操场。大雨中，我们站好了队，按照教官的命令做着各种训练。雨中，我想到了《士兵突击》里的许三多，他正是因为天天坚持在草原上的五班走正步，在"钢七连"认真学习，在"老A"里"不抛弃，不放弃"，所以才从懦弱的"龟儿子"变成了部队里让人艳羡的"老A"。对！不抛弃，不放弃！让暴风雨来得更猛烈些吧！此时，雨水更加狂妄地横扫过来，一点情面也不给，但我却站得更直了，姿势做得更标准了……

想想教官，他们与我们风雨同舟，而且还要不停地讲解动作要领，喊口号，喊得喉咙都哑了却依然精神抖擞。他们吃苦耐劳的品质，让我们在以后几天的训练中不再有丝毫的抱怨。我还喜欢上了敬军礼，因为庄严地举起右手的时候，仿佛自己已经是一名军人了。

军训结束时的阅兵式上，我们在似火的骄阳下，昂首挺胸，跟着教官的口令，迈着整齐有力的步伐从主席台下走过。那一刻，我们感受到了军人的力量，我们信心万丈。

军训虽短暂，但这次特殊的经历，这次非同寻常的痛苦与磨难，让我的思想有了一次飞跃，教我懂得做事一定要有坚韧的毅力，再苦再累也要坚持。

这份最美的记忆，让我永生难忘，值得我永远珍藏。

一元钱三个包子

朱雨桐

学校对面不知道什么时候新开了一家包子铺，可能是因为店面特别破旧和狭小，去的人不多，每天都冷冷清清，价格也格外优惠，一块钱可以买三个素馅包子。店铺的主人每天都拖着一条不听使唤的腿颠儿来颠儿去的。她穿着简朴破旧的衣服，但是干干净净，清清爽爽的，人也挺和善。

同学们都说那么破的店肯定做不出啥好吃的东西，再说也太寒酸了，所以大部分同学每天都绕了道去远点的大店，吃一块钱一个的肉包子或者别的什么，只有几个家庭条件不好的孩子偶尔闷声不响地走进去。我也很想去吃肉包子，可是妈妈每天只给我两块钱，如果吃肉馅包子，只能买两个，吃不饱。另外，我也不想让同学们看见我的口袋里只有吃饭的两块钱，更不愿意看着别人吃小零食的时候我什么都没有，所以我每天都是等同学们都走完了，一个人快速地去那个小店，快速地吃完那一块钱三个的素馅包子。这样我还能剩下一块钱和同学一起买小零食，让她们看见我也有零花钱。

这一天，我看见同学们都走完了，正要去吃我的素馅包子，老师进来了，笑着问我："怎么不去吃饭啊？"我的脸一下子红了，我不知道是该和老师说想等着人都走完了才去那个破包子铺呢，还是说不吃了呢？老师好像看懂了我的心思，说："朱雨桐，你去帮我买三个素馅包子，好吗？"说着，老师递给我一块钱，我惊讶地睁大眼睛，并双手接过那一块钱。老师看着我笑了笑："她就靠这个包子铺赚钱养家呢，以后你多带几个同学去吃吧，她还有个女儿在北京读大学，多吃素馅包子的孩子聪明。"我似懂非懂地点点头，向那个包子铺跑去。

一块钱三个包子，每天都让我吃得饱饱的，尽情地享受着那跛脚妇人带给我的温暖。

第八部分

享受自己的精彩

　　做完了功课，我常常坐在桌前，让橘黄的灯光笼罩着我，手里捏着一枚古色古香的铜钱，仔细端详它那斑驳陆离的容颜。"开元通宝""大观通宝"……透过那方方的时空隧道，我仿佛看到中国历史上一个个王朝的兴衰更替；仿佛看到一个又一个统治者"你方唱罢我登场"，有的富足持久，有的昙花一现。历史一幕幕演绎，我的心久久澎湃。

　　　　　　　　　　　　　　　——王晓旋《我与古钱币》

用坚持换来的幸福

时培哲

夜幕降临，整个城市亮起了万家灯火，我静静地坐在钢琴边，任由手指在黑白相间的琴键上流畅地行走。优美的琴声似乎凝固了整个空间与时间，我不禁思绪万千。

记得小时候，我吵着要学钢琴，当时只觉得十分好玩。刚刚认识五线谱的我，常常模仿音乐会里的演奏家，慎重地打开琴盖，端正地坐在琴凳上，小心地翻开乐谱，有模有样。看着一个个挺陌生的小蝌蚪，我弹着简简单单的小曲子，琴声断断续续，还夹杂一些错音。可我却乐此不疲。

上了中学，钢琴真正成了我的一种兴趣。对我而言，弹琴不再是机械的练习，更多的是情感的表达与技巧的展示。每天放学回来，我第一件事就是放下书包冲到钢琴前，弹上一首自己喜欢的曲子。古典的、现代的，甚至一些动听的电影插曲，都深深吸引着我。

我每天都在钢琴上花费很多时间。同时，学校的作业也越来越多，压得我喘不过气来。渐渐地，我开始草率地对待每天的作业，后来干脆应付老师。那段时间，学习成绩一路下滑。妈妈看到我一张张不理想的考卷，心里很焦急，她开始严格限制我弹琴的时间。

我表面上很服从，私下里却很抵触。那天，我以为妈妈不在，全神贯注地研究琴谱，竟没发现妈妈就站在我的旁边。妈妈一句话都没说，转身走出了我的房间，这比妈妈平时大发雷霆训我还让我觉得害怕。终于，妈妈走了进来。她没有对我发火，只是缓缓地说："我和钢琴老师商量过了，你以后别弹钢琴了，把所有的心思都放在学习上吧……"我一下子呆了，"别弹钢琴了"这句话在我脑子里嗡嗡地响。我该怎么办？眼泪不禁夺眶而出。

没有琴声的生活仿佛一下子从彩色的变成了黑白的。每天放学后的时光都被成堆的作业和课外习题占用去了，看到那架孤零零的钢琴，心中涌起阵阵失落。我不禁想：什么时候才能再弹钢琴呀？怎样才能让钢琴回到我的生活中呢？无可奈何的我，向念大学的姐姐拨打了求助电话。

"既然你是那么喜欢钢琴，那就先把学习成绩提高了，吃点苦又算得了什么？"姐姐的这句话深深印刻在我的心里。是啊，既然自己那么喜欢钢琴，就吃点苦把成绩先提上去。那时，如果我要坚持弹琴，就说不定有门。

此后，我就制订了严格的学习计划。课间休息时，球场上再也没有我的身影；放学后，我一路小跑地回家，一扔下书包，便开始写作业，连好朋友找我，也婉言谢绝。在那些日子里，弹钢琴的念头时时萦绕心头，敦促着我坚持努力学习。期末考试的成绩终于公布了，我飞也似的跑回家，把我全年级第五名的消息告诉了妈妈。那一刻，我多想能弹上一曲。妈妈似乎也看出了我的心……

如今，当我每天写好作业后，就练一会儿琴。正因为练琴的机会得来不易，我每次都在这短短的时间里用乐曲倾诉我所有对钢琴的爱。终于，我的坚持打动了妈妈，我又可以自由地练琴了。这一切都是靠我自己的坚持换来的！我不仅拥有了钢琴，还学会了如何掌握好学习和弹琴的平衡。

（指导教师：童莹莹）

第八部分　享受自己的精彩

我与古钱币

王晓旋

古钱币是凝固的历史，我爱古钱币。

我喜爱收集古钱币，主要是受爸爸的影响。听爸爸说，他小时候家里很穷，老祖母的一大盒铜钱便成了爸爸的宝贝。后来，老人们相继作古，但那一大盒古钱一直留在爸爸的身边，跟着爸爸风里雨里，走南闯北。再后来，爸爸又把这些古钱交给了我。

起初，我收集这些古钱币只是为了好玩。后来，随着收集数量的增多，我才渐渐了解到铜钱的沧桑历史。铜钱外圆内方，源自古人"天圆地方"的朴素的宇宙观。我有战国的刀币、秦半两、汉五铢，也有唐、宋、元、明、清的诸多"通宝"……这些古钱一旦有秩序地重新组合起来，就能以明晰的文字和图像，演绎出一部扑朔迷离的中国历史，其铸造、书法艺术之精湛，更令人叹为观止。

我的古钱来之不易，有的是我用物品换来的，有的是别人慷慨赠予的，但最有趣的还是到爸爸的老家——农村去收集的。那年春节，我到农村去玩。那里的景色真是美极了！蓝天白云，像一幅没有污染的油画。村里小伙伴们的玩具大多是自己动手加工的，如毽子、弹弓之类。当发现他们玩的毽子居然全部都是用铜钱缝制而成时，我惊讶得张大了嘴巴。由于"求钱心切"，我毫不犹豫地从兜里把一块块泡泡糖、巧克力拿出来，和小伙伴们交换。他们有的能慷慨地送我一把，有的只给一枚也磨磨蹭蹭，如同撕皮割肉。拿到这些钱币后，我连忙来到河边，仔细地洗掉上面的泥沙，认真地擦干净。顿时，它们一个个露出了清秀的面容，闪烁着诱人的光芒。这时，我的心里真比吃了蜜还甜……

做完了功课，我常常坐在桌前，让橘黄的灯光笼罩着我，手里捏着一枚古色古香的铜钱，仔细端详它那斑驳陆离的容颜。"开元通宝""大观通宝"……透过那方方的时空隧道，我仿佛看到中国历史上一个个王朝的兴衰更替；仿佛看到一个又一个统治者"你方唱罢我登场"，有的富足持久，有的昙花一现。历史一幕幕演绎，我的心久久澎湃。

新世纪的钟声，激荡万里山河，我们已跨过世纪的门槛。站在历史的坐标点上抚今追昔，我把对历史的所有眷念与回顾，幻化成对新世纪的所有期盼与梦想。我愿在中国古代文明光芒的照耀下，迈动轻盈的脚步，向新的时代奋勇迈进！

（指导教师：洪静）

第八部分　享受自己的精彩

追梦少年

魏 凯

"我知道我的未来不是梦，我认真地过每一分钟，我的未来不是梦，我的心跟着希望在动……"心随歌动，打开电脑，轻击键盘，记下我一个未来作家此时的温馨回忆。

小时候，我就是个典型的小书迷。因为妈妈对我说过一句话：要想写出好文章，必须有深厚的积累。所以我就一头扎进书堆，再没想过出来。别人上街买好吃的，我买好看的书。要是我们一起上街您找不到我了，别着急，那一定是我情不自禁又被书店里的书"吸"去了。在家里，妈妈从不叫我的名字，而是叫"小书虫"。听，妈妈又叫我了："小书虫，吃饭了！""听见了！""怎么回事，还不来，快点！"不好，妈妈的嗓门怎么提高了八度，再不去，我的书要被妈妈没收了。一会儿见，我的《昆虫记》。我飞一般来到饭桌前，速战速决，在妈妈惊诧的目光中吃完饭，又回到"书虫"的小窝去看书了。呵呵，这可不是夸张，这是我家里常有的事。当然，现在我大了，不会再让妈妈着急了。按时吃饭，有时还帮妈妈洗洗碗。这样不但保证了身体健康，晚上看书时间还能延长——嘿嘿，小作家哪能做赔本的买卖？

在我的书桌上，放着一叠厚厚的日记本，这可是我的"薄发"之作。里面的内容包罗万象：春天的第一朵花开在这里留下了芬芳，田野里的第一声虫鸣在这里谱就了乐章，伙伴间的真诚友谊在这里酿成了甜蜜的美酒，社会上的奇闻轶事在这里变成了开心的书场……小小日记本，犹如一架摄像机，摄下了一个个精彩的镜头，变成了我取之不竭、用之不尽的素材宝库。当小伙伴们屡屡为写作发愁的时候，我总是行云流水般完成心灵的倾诉。《俺的自我介绍》《春天的梦想》等文章还变成了铅字。当发有我文章的样刊寄来时，同学们纷纷向我表示祝贺，有的还煞有介事地拿着杂志请我签名，羞得我脸像块大红布，全没了男孩子的豪气。不过我的心里还是美滋滋的，不是虚荣的美——我可不是那种图虚名的人，而是觉得自己的写作能给大家带个好头，让同学们觉得写作也是很简单的事。通过刊物我还认识了天南海北众多的朋友，这是我感到最开心的事。

　　放眼未来，我的计划还有很多没有实现，我要用我的心灵之笔与小动物交流，让人类真正走近我们的朋友；我要用我的笔墨挥写我的太空之旅，让神州N号的梦想在天空飞翔；我要用最美丽的梦想编织最美丽的花环，带领迷茫中的朋友一路欢歌向前……

（指导教师：方华）

第八部分 享受自己的精彩

书 法 缘

彭邦军

小时候，一位漂亮的女老师看我写字，微笑着说："你的字规范端庄，将来一定会成为书法家……"她也许没有想到，这句话像一粒种子，落在我的心底，扎下了深根，我从此和书法结下了不解之缘。

为了练就一手好字，我买来了许多字帖，什么硬笔啊，软笔啊，应有尽有。看着那一个个用笔老到的字，我的心在羡慕，手在比画……我迫不及待地想摹写。可拿起笔来，反倒不知如何下手了。俗话说"心急吃不得热豆腐"，我谨记这一道理，开始耐心地一丝不苟地摹写。每一横，每一竖，我都倾注了全部的精力。

"功夫不负有心人"，我原来幼稚的笔画逐渐变得挺拔起来。但是有一个问题一直困扰着我：为什么我写的笔画都中规中矩了，整个字却没有大家笔下的那种美感呢？我翻着字帖反复推敲，终于明白，自己还不能很好地把握字的结构。看来要练好字绝不是一件容易的事，我还得多下点功夫呢！

由于我对书法太痴迷了，闹出不少让人啼笑皆非的笑话。有一天，我路过书店，忽然看见王羲之的字帖，不由驻足欣赏起来。等我回到家时，天早已黑了。奶奶埋怨道："和谁玩去了，这么晚才回家？"我还在怔怔出神："王羲之……""王羲之是谁？"我说："王羲之是东晋的大书法家，被后世尊称为'书圣'，他的字'飘若浮云，矫若惊龙'……"这时我蓦然回过神来，看见不识字的奶奶正奇怪地盯着我，我难为情地笑了。

还有一次，生物课上，我正聚精会神地揣摩颜真卿的楷书，忽然听见老师问我："彭邦军，你起来说说软体动物的特点……"我站起来脱口而出："颜体字的特点是：用笔横轻竖重，笔力雄强而有厚度；在结构上方正茂密，方中呈圆……"教室里立即发出一片哄笑声，老师调侃道："对不起，我不该向书法家请教生物学知识……"把我羞得无地自容。

唉，谁叫我在书法方面不能做到"入乎其中，出乎其外"呢？不过随着年龄渐长，随着我对书法逐渐加深了解，我已经清醒地认识到：也许自己最终成不了书法大家，但只要我曾经不遗余力地追求过，就可以无怨无悔了，你说对吗？

（指导教师：雷江）

第八部分 享受自己的精彩

我喜爱的一个戏剧人物

吴雨晴

相信大家都了解这样一个历史人物吧！他是满族人，清世祖的儿子，八岁继位，在历史上功不可没。没错，他——便是康熙皇帝。如今，康熙皇帝被搬上荧屏，著名演员陈道明用他那高超、娴熟的演技将康熙皇帝这一角色塑造得惟妙惟肖，让人过目难忘。

给我印象最深刻的一幕，不是康熙平定内乱、远征讨伐的宏伟画面，而是他的一席话。在电视剧的最后一集中，大臣提议要举办一个千叟宴。康熙欣然应允。千叟宴上，康熙一身黑色锦缎棉袍，胡子早已发白，但英气却丝毫未减。他命人把老祖宗的大铜碗取来，将酒斟满后，一手高举酒杯：

"这第一碗酒，朕敬给孝庄太后，是她把朕拉扯大，是她带朕经历风雨。"康熙的眼眶有些泛红，将酒一饮而尽。随后，他又斟上酒，说道："这第二碗酒，朕要敬给列位臣工，列位子民们，朕谢谢你们，若没有你们的辅佐就没有大清国的今天。"两行清泪夺眶而出，这泪水饱含了他对孝庄太后的几多感恩与尊重，饱含了他对子民、臣工的多少感谢与理解。当他下令倒第三碗酒时，身旁的太监提醒他要保重龙体，可他只说了句："给朕满上，这第三碗酒朕一定要敬！"声音坚定而洪亮。镜头慢慢拉近，可以看出他的眼中有着无与伦比的刚毅。他高声说道："这第三碗酒，朕要敬给朕的那些死敌们，鳌拜、吴三桂、郑经、噶尔丹。啊，还有那个朱三太子，他们都是英雄豪杰，他们造就了朕。他们逼着朕成就了一番丰功伟业，朕恨他们，也敬他们。"音乐响起，气势恢宏，如歌如泣，仿佛承载着康熙的点点回忆！康熙长叹一声："可惜啊，他们都死了，朕寂寞啊！朕不祝他们死得安宁。"镜头拉远，康熙站在桌前，双手端举铜碗，泼在地上，"祝他们来世再与朕为敌吧！"

这样的帝王，谁又能不臣服呢？康熙的霸气，注定了他一生的无数功绩。王者风范的背后，却不失细腻。康熙对孝庄太后、臣子的感恩，对死敌的宽容和敬重，让他成了真正的王者，他正是凭着海纳百川的胸襟、百折不挠的坚韧，铸就了大清国的盛世繁荣、太平安定。

在这场戏里，我看到了一位令人敬畏的帝王、一位教人处世的智者、一位叫人关爱的老者，看到了一个更真实可信、更充满人性化的康熙。导演和演员共同为我们创造了一个感人的艺术形象，我相信，看过这场戏的每位观众都会感动于此的。

153

第八部分 享受自己的精彩

爱莲说

李然

喜欢莲，喜欢它的淡淡清香，喜欢它的淡淡粉红，喜欢它的亭亭玉立，喜欢它的濯清涟而不妖，喜欢它的柔情似水……

眼里，除了怜爱还是怜爱，就像雨巷里的那位带着丁香般幽怨的少女，在梦里，挥也不去散也不去。除了它的身影还是它的身影，除了它的俏丽还是它的俏丽。牡丹？玫瑰？百合？菊花？面对这些后宫佳丽，我却像一位挑剔的美食家，一位追求完美的艺术家，总觉得它们少了点什么，不能给我完全喜悦的感觉。

情人眼里出西施。莲，让我觉得它就是花中之王。朋友说我过于喜爱它，忽略了其他花的美丽。也许是吧！暮春三月，桃花怒放，牡丹芍药，妍丽妩媚，使人为之倾倒；夏季炎炎，紫罗兰、玉兰散发淡淡幽香，祛除夏意，让人心旷神怡；秋高气爽，菊独傲枝头，正直高洁油然而生；隆隆寒冬，梅独自争妍，不畏严寒，吐放清香，赞美之词不可胜数。但我仍固执地认为莲才是完美。

对莲的喜爱，使我成为百花不公正的裁判。而在生活中，对事物的是非曲直，我们仍是不公正的裁判吗？

夜深了，我静静地躺在床上，被这个问题烦扰着。回忆的匣子被偷偷地打开，往事如水流过，重现眼前。

因对偶像的崇拜，我成为他们的守护者，旁人稍有异议，便拳脚相加；因和亲密伙伴要好，便不理事情对错，不分青红皂白，硬着头皮要站在朋友一边；因对个人稍有偏见，一出现可疑之处，聚焦点便投向他；因为自己的喜好盲目顺从，人云亦云，都不知道在干些什么。

猛然发现，曾经，自己是如此没有主见，成了失根的兰花，逐水的浮萍，飞舞的秋莲，因风四散的蒲公英。我又当了生活不公正的裁判。

154

世界甚大，要认清每一事物，更应抛开个人感情，透过现象看本质，让我们的生活更有主见，更能感觉自己的存在。就像一棵巨松，扎根在山崖之间，不随山水、飓风而改变自己的位置；就像一株独自开在山谷里的野百合，不管有没有人路过，仍开得那么鲜艳那么快乐。

　　爱莲，却不溺爱莲；爱生活，就应做生活公正的裁判。

琴　缘

程天然

在几年前的一座六层小楼里，住着十二户人家，其中有十一户的家长都为自己的孩子买了琴。这几家的孩子中有一个聪明活泼的小男孩，他也开始学琴。

但他不喜欢钢琴，他最感兴趣的是玩电子游戏"魂斗罗"。因为学琴，他多次与父母发生矛盾。一年后，那个可爱的小男孩上学了，钢琴也已经达到三级水平，可他还是不爱他那架美丽的钢琴，而认为是家长让他做自己不愿做的事。

开学后，学习对这个机灵的小男孩来说易如反掌，可他自作聪明地向父亲诉苦，让父亲认为自己很忙而站在自己的一边，一同击退母亲的"帝国主义"。

父亲中了这个面目天真但很有心计的小男孩的圈套。自此，吴蜀联盟，一同抗魏。终于，在男孩上二年级时，停止了学琴，理由是学习忙，没时间练。而到这时，全楼只剩下五层的一个姐姐在坚持练着。小男孩常常自豪地说："那个姐姐真笨，瞧瞧我！"

一转眼，六年过去了，小男孩长成了一个英俊的少年，他明白了一些道理，能辨别好与坏了。一个偶然的机会他得知以前五层的那个姐姐已经考到了美国朱丽亚音乐学院。他羡慕极了，也后悔极了，他悔恨地想，我当时为何不喜欢钢琴？

渐渐地，少年竟然爱上了钢琴，他找了老师，刻苦地练习，准备在初三毕业的时候，考上五级。父母发现自己的孩子如此用功，也很欣慰，他们逢人便说：我们有一个好儿子，我们的儿子长大了！

少年那早已僵硬的手，又变得灵活，平日死板的生活又恢复了生机。他觉得琴声是那样的动听，生活是那样的美好。如今他性格大变，人生的才智使他的成绩飞速上升，而且，他又能弹出那流水一般的音符了。看着在琴键上跳动的手指，他自豪极了。那天，他做了一个梦：自己的琴音飘向远方，飘到了无边无际的地方……

第八部分　享受自己的精彩

感受音乐

张越越

我从四岁开始练钢琴，就与音乐结下了不解之缘。我天生有很好的乐感和音准，以至于小时候爸爸用他那"五音不全"的嗓子为我唱儿歌，我会以大声哭闹来表示我的不满。我至今未能破译音乐的密码，而且我认为以后也是不可能的。但我是以敬畏而热爱的眼光，来注视着她——美丽的音乐。

我们中国的民间乐曲细腻悠扬，优美动听，如同小桥流水人家中纺纱刺绣的小女孩，沉静秀丽，婉约动人。倒映在潺潺溪水中的庭院人家，蝴蝶、蜜蜂在开满鲜花的花园中嬉戏玩耍，时而蜻蜓点水，涟漪便一圈圈荡漾开来。

我很喜欢听日本歌曲，或许是因为她独特的妩媚与奔放的豪情。我常常为她狂笑、悲叹、落泪和欣喜。所有一切感情都浓浓地融在了里面，如同深夜里闪烁的群星，如同大海中欢乐的鱼群，如同花园里争艳的牡丹，异常欢乐，异常平静。你，是美丽的精灵！

我曾听过欧美流行音乐，全身的细胞都跳跃起来，那是一种活跃、豪放、前卫，是活生生的灵魂与肉体的结合，全世界都好像亢奋起来。

我也爱听世界名曲。各位作曲家创作的乐曲仿佛是一朵朵鲜花、一棵棵绿树，清亮而美丽，纯洁而又不失风度。其中贝多芬的《命运》有力而铿锵，那是贝多芬有力的双手扼住命运的咽喉，他在奋力地呼喊："我要把生命活上上百上千次！"那是生命的召唤，每一个人的心灵都在震颤，都呼唤着生存，从此热爱生活。

每一种音乐都各有特点，令人为之如痴如醉。黑格尔曾经说过："音乐是心情的艺术，它直接针对心情。"真的，如果你侧耳倾听，真的能感受到作者的思想在踊跃地跳动，他的心脏在有力地搏击。音乐给人以美好的感觉，你仿佛身处狄爱娜辉煌的月宫，与小精灵共同嬉戏欢笑。闪烁的音符仿佛是美丽的极其耀眼的花朵，自身似乎已不存在，根本不会想到尘世上还会有一个自己！一切冗杂，都融化在音乐中了，一切凡事，都已化作轻烟，飘去了……

美丽的音乐！

第八部分　享受自己的精彩

第九部分

蝴蝶在飞翔

"救命呀！救命！"我哭喊着，眼下就是万丈深渊，可他们已经飞走了。我只感到身体迅速下沉，绝望中我心一横，"加油，你一定能行！一定要飞起来，爸爸说过，自己是拯救自己的上帝！我一定要当一个真正的鹰的儿子！"

我奋力拍打着翅膀，感到伤口如刀绞般剧烈疼痛，浑身如置烈焰中！"我要飞起来，一定要飞起来，我一定能行！"我的灵魂在呐喊。

慢慢地我感到身体在上升，最后，我发现自己正飞翔在蔚蓝的天空中。

——王自冲《为自己鼓劲》

雪花夜

胡晓玲

很久以前，有一对穷夫妻，一直没有孩子。他们天天都盼望得到一个孩子。

一个大雪纷飞的夜晚，穷人的妻子生了一个男孩，可是这个男孩却长着猴子一般的尾巴！尽管如此，老两口也很高兴，因为他们毕竟有了孩子。他们给他起了一个好听的名字：雪花夜。

这雪花夜真是一个奇怪的孩子，一夜之间就长得有几岁孩子那么壮、那么大了。过了几天，雪花夜对父母说："我已经长大了，请允许我到外面的世界走一走！"父母同意了。穷夫妻为他收拾好了包袱，给了他几块干粮，雪花夜就上路了。

他翻过了一座又一座的高山，终于来到了一个茂密的树林里。这时，他看见一个巨人正在数着许多金币，金币发出叮叮当当的悦耳的声音。

巨人一见雪花夜就骂道："你这个小怪物，胆子也太大了，敢到我的地盘来！"雪花夜不慌不忙地说："亲爱的巨人先生，我不仅敢到你的地盘来，还敢跟你比本领。"巨人一听大笑起来，说："你这个小怪物，还跟我比本领？死到临头了，还在说大话。"雪花夜也大笑着说："你还没跟我比试呢，怎么知道我是说大话呢？"

巨人点点头说："说得有理。好，我跟你比试本领。我看你小，比试什么就由你决定吧。"雪花夜摸摸自己的尾巴，对巨人说："咱们比试两项内容：一是看谁跳得高，一是看谁扔东西扔得高。但是今天我累了，明天比。"

巨人说："就这么简单？好吧，就依你。"

天黑了，雪花夜跟着巨人走进了巨人的家———一个山洞里。他们胡乱地吃了些东西后便早早地睡了。

巨人的身体太庞大了，他翻了一个身就把雪花夜从床上挤到了地上，雪花夜被惊醒了。他托着下巴在想明天的比试怎样才能取胜。想着想着，他不禁烦恼起来。他跑到树林里去散步，借着月光，他在草里抓住了一只被藤缠着的小鸟，玩了起来……

　　第二天一大早，巨人和雪花夜开始比试了。巨人做好了跳高的准备。雪花夜偷偷地用自己的尾巴缠着巨人的大腿，巨人跳上了天，雪花夜也被带上了天。当巨人到达了最高点快要下降时，雪花夜将巨人使劲向下一按，借着按巨人的力，雪花夜又在高空中上升了一段距离才向下落。这样他就在巨人落下来之后才落了下来。雪花夜大声地对巨人说："怎么样，我跳得比你高吧！"巨人认输了。

　　第二项比试开始了。巨人把一块石头拼命扔向了空中。那石头"咝"的一声飞上了天，好大一会儿才落了下来。巨人得意扬扬地望着雪花夜。只见雪花夜把手中的一个什么东西轻轻地向空中一扔，那东西轻快地飞向了空中，巨人等了半天，一直没见那东西落下来。巨人哪里知道，雪花夜扔的就是昨晚捉到的小鸟。那东西扔出去怎么可能再落到地上呢？

　　巨人彻底认输了，他害怕雪花夜打他，急忙逃走了。雪花夜来到巨人住的山洞里，把巨人留下的金币拿了出来，回家献给了父母。这样他们一家过上了幸福的生活。

163

（指导教师：张文干）

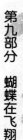

为自己鼓劲

王自冲

花儿为自己鼓劲，因为她想婀娜多姿；树儿为自己鼓劲，因为他想给人送去阴凉；我为自己鼓劲，因为我想成功。

我啄破蛋壳，向天高地厚、风飘云动的世界探出湿漉漉的头。我伸着脖子"喳喳"地叫着，只见一点肉渣悬在半空中，我马上吞入口中。我品尝后，看着眼前这位目光炯炯、威风凛凛的大鸟，好生敬畏他。

日子一天天过去了，我拼命地吃，飞快地长，变得又胖又壮。鹰爸爸每天把我衔到山顶，严厉地督促我拍翅膀，直拍到我筋疲力尽，无力挥翅为止。我被一次次的疲惫折磨得想要去死，但鹰爸爸毫无怜悯之色。一次，他说："儿子，你是鹰家族的一员，今后，你要走过一段艰难的成鹰之路。鹰之高贵在于能克服前所未有的苦难和孤独，独行于天空！"说完，他飞入云霄中去了。

望着他穿空破风、冲击蓝天的雄姿，我又一次受到强烈的震撼。我在心里鼓励自己：坚持就是胜利。爸爸，长大后，我要成为你。

经过几个月的练习，我的双翅已经坚硬无比。一天，鹰爸爸鹰妈妈把我带到一处高峰。这一天天冷得出奇，我感到翅膀似乎冻僵了，无法伸展。鹰爸爸呼啸着飞入云天，很快又飞回来。他来到我身边，用严肃而沙哑、温情而坚决的口吻对我说："儿子，你想成为鹰吗？"

我用力点点头。他说："真正的鹰必须历经生与死的考验，不但要战胜对手，更要战胜自己。自己是拯救自己的上帝。战胜自己，你才能真正拥有一双钢铁翅膀。那时，你才是我们鹰家族真正的儿子。"

说完，他们用锐爪撕扯我的翅膀。我发出锥心的痛叫声，并无力地挣扎着，直到我的翅膀伤痕累累，几近残废，他们才停止。接着他们把我叼到耸入云霄的山峰，然后一脚把我踢了下去。

"救命呀！救命！"我哭喊着，眼下就是万丈深渊，可他们已经飞走了。我只感到身体迅速下沉，绝望中我心一横，"加油，你一定能行！一定要飞起来，爸爸说过，自己是拯救自己的上帝！我一定要当一个真正的鹰的儿子！"

　　我奋力拍打着翅膀，感到伤口如刀绞般剧烈疼痛，浑身如置烈焰中！"我要飞起来，一定要飞起来，我一定能行！"我的灵魂在呐喊。

　　慢慢地我感到身体在上升，最后，我发现自己正飞翔在蔚蓝的天空中。

　　仰望天空的湛蓝，俯瞰海浪的晶莹，我告诉自己要忘记忧伤，学会坚强。不要放大痛苦的直径，不要拒绝勇气的邀请。

　　要为自己鼓劲，告诉自己："我能行！"

（指导教师：张连红）

第九部分　蝴蝶在飞翔

沙漠与海

扬　扬

有一天，沙漠与海洋谈判。

"我干得连一条小溪也没有，而你却汪洋一片。"沙漠建议，"我们不如来个交换吧。""好啊。"大海欣然同意。"欢迎你来填充我，但是我已经有沙滩了，所以我只要土，不要沙。""我也欢迎你来滋润我。"沙漠说，"可盐太咸了，我只要水，不要盐。"谈判宣告失败，他们重新寻找新的合作伙伴。

时过境迁，已是百万年之后。恐龙的脚印消失了，剑齿虎的脚印也消失了。沙漠深层的地下水日渐干涸，一望无际的大漠在炽热的阳光下默默地忍受着干渴。一只雄鹰从无云的蓝天中飞过，寻觅着，寻觅着，哪怕只是一滴水。雄鹰盘旋了半天，无奈地落在一棵已有些脱水的仙人掌上搜寻着水源。"你在找什么？"沙漠发出干涩的声音。"水，请问哪里有水？"雄鹰小心翼翼地吐出几个字，唯恐在嘴翕动的过程中，唾液也会被蒸发干。沙漠沉默了一会儿，"几百万年前，这里的不远处有一片大海，好远就能听见澎湃的涛声。我们也曾进行过谈判，可是……嗨，真有些后悔了。"听了这话，雄鹰知道此地无水，拍拍翅膀飞向大海。

海水像被激怒似的用力拍打着岩石，海面上狂风大作，大海失去了往日的平静。原来，南北极的冰川由于全球温度的日趋升高而融化了。海水水平面逐日上升，眼看就要淹没海岸。大海哽咽着，它深知自己将成为殃及田野的敌人，吞噬陆地的杀手，它即将淹没的是数百万年来好不容易进化来的生命，它怎忍心？它绝望地仰望着天空，回忆着那场谈判，想象着沙漠此时的模样。

雄鹰飞过大海，它好像感悟到了什么，满怀使者般的自信，盘旋于沙漠与大海之间。一会儿，它掠过海面，低语着，大海泛起一片浪花；一会儿，它箭一般的冲向云霄，又俯向沙漠……此时，两位老人不再气傲，彼此达成协议，条件不再苛刻。

不为人知的一天夜里，活动悄悄地进行着。从此，沙漠滋生了绿洲，大海恢复了宁静。它们以宁静祥和迎候着自然的进化，迎接着人类生命……

第九部分　蝴蝶在飞翔

蝴蝶在飞翔

于天惠

她是一只小小的毛毛虫。

她生活在一个绿色的世界里。每天，她都在绿叶间慢慢地爬着，不停地爬着。她的嘴巴不停地咀嚼着绿叶，她的肚子总是饱饱的，她的生活无忧无虑。

那时候，她以为自己是世界上最幸福的毛毛虫。

可是有一天，当她遇上一朵漂亮的鲜花时，她的这种感觉全没了。

那天，阳光暖暖地吻着她的肌肤，她一边咀嚼着绿叶，一边在爬行。忽然，她停住了。她吃惊地抬起头，嘴巴停止了嚼动。原来，她看见了一朵花，这花真好看哪：红红的花瓣，金黄的花蕊，还散发着阵阵香甜味儿。这时，她突然觉得生活除了肚子不饿之外，还有一种另外的需求。但这需求是什么？她也说不上来。她只是慢慢地向鲜花爬过来。她朦朦胧胧地感到，这鲜花就是那种需求，她每爬一步，就是向这种需求靠近一步。这时，她还不知道什么叫美，但她已经感觉到这种需求比填饱肚子更有魅力。

她爬到鲜花的身边，香气更浓了。她想爬到鲜花的身上，去看看那神秘的香味究竟是怎么回事。可是，她听到一个很不友好的声音。那朵鲜花高傲地说："滚开！你这个丑陋的毛毛虫！"她愣住了，什么叫丑陋？这时，几只漂亮的蝴蝶飞过来了，鲜花满脸微笑地说："欢迎你们，美丽的蝴蝶！"这些蝴蝶便落在花朵上，吮吸着花香。她又愣住了，什么叫美丽？为什么它们受到邀请而自己遭到拒绝？她羡慕地抬起头，看着那些蝴蝶：红的、白的、黄的，它们在飞翔着，也在舞蹈着，这就叫美丽吗？她又低头看了一眼自己：臃肿的、土黄色的躯体，长着许多绒毛，这就叫丑陋吗？这一瞬间，美与丑的概念就在她的大脑中形成了。立刻，她变得非常自卑。自己是丑的，而那花，那些会飞翔的蝴蝶是美的，她难受极了。

从此，她再也没心思爬行，也没心思去咀嚼绿叶，她静静地趴在那里，沮丧极了，她觉得她只是一条毛毛虫，世界上最丑的毛毛虫。

她就这样自卑着、悲哀着，她觉得再也没脸面爬行在这个世界上了。冬天来了，她吐出长长的丝，做成了一个茧，把自己紧紧地包裹起来，她再也不要见这个世界了。她哭泣着，沉沉睡去。

整整一个冬天，她做着梦，做着鲜花与蝴蝶的梦，做着飞翔的梦。

不知不觉，东风临近了，春天来临了。这是新世纪的春天，她用爱的手指抚摸着一切。在这种抚摸中，她渐渐苏醒过来。她感受到了温暖与爱，她突然觉得自己有了信心，身上渐渐有了力量。她觉得她应该勇敢一些，再看看外边的世界。她轻轻地、慢慢地咬开了她自己织的那个茧，破壳而出。灿烂的阳光又立刻包裹了她，她又见到了这个美丽的世界了。

蓦地，她发觉自己的身体发生了巨大的变化。她感到自己不再是爬行，而是在飞！飞！天哪，我会飞了！她的心中充满了狂喜。她轻轻地飞着，慢慢地飞着。

她飞到一条小河边。这时，她终于在水面上看清了自己，自己竟然变成了一只有一对红色带斑纹翅膀的美丽的大蝴蝶！她惊呆了。现在她才明白：原来自己就是蝴蝶！原来所有的蝴蝶都曾是毛毛虫！

她陶醉了，直到一朵美丽的鲜花向她打招呼时，才醒过来。她不禁大叫："我是蝴蝶！我是一只美丽的蝴蝶！"她愉快极了，幸福极了。她叫着，唱着，飞翔着，飞过一座座花园，飞过一条条小溪。

不过，她没有忘记，她曾是一条毛毛虫。现在她终于领悟到了，爱与美才是自己所追求的。

新世纪的春天里，一只美丽的蝴蝶在飞翔，一大群美丽的蝴蝶在飞翔。

（指导教师：康林）

苍蝇受审记

林晓春

苍蝇臭名昭著，被动物们告上了法庭。第二天上午，审判开始。审判长长颈鹿，公诉方蜜蜂，被告苍蝇，辩护律师蚊子等依次就座。

长颈鹿宣布开庭。苍蝇被押上被告席。长颈鹿一声断喝："被告自报姓名、种属及住处。"苍蝇哆哆嗦嗦地回答："我叫苍蝇，属昆虫纲双翅目，我们的住处不定，粪便、猪圈、马棚、餐厅，凡是飞得进去的地方，我们都去，四处为家。"

苍蝇说完，公诉方蜜蜂宣读起诉词："被告苍蝇主要罪行是传播疾病。它们滋生在粪便和垃圾之中，往来于污秽物之上，携带了大量病菌。据查，一只家蝇的表皮上就带有有毒微生物六百万个，肠内则多达两千八百万个。人类吃了苍蝇叮咬过的食物就有可能传染上痢疾、伤寒、传染性肝炎等疾病。"

听了公诉词，旁听席上个个义愤填膺。

这时，蜘蛛补充道："苍蝇还破坏人类的安宁。小朋友在写字时，他们就在笔端纠缠不清，夏天人们午睡时，他们又爬遍全身，这些都是我在网上冲浪时看到的。"

"被告，你还有什么话说？"听完蜘蛛的发言，长颈鹿注视着苍蝇问。

苍蝇哭丧着脸，说："审判长先生，刚才他们列举的这一切确是事实，但是我们真的一无是处吗？您要为我们主持公道啊！"

长颈鹿请辩护律师蚊子发言。

蚊子干咳了一下，开了腔："作为被告的辩护律师，有必要澄清一些事实。不可否认，苍蝇确实犯了很多罪行，但他们也有很多长处：第一，'蝇眼照相机'是仿照苍蝇复眼的结构制成的；第二，苍蝇的脚末端有一个弯曲的爪，掌中有一个吸盘，能分泌黏液，'蝇脚鞋'就是根据它制成的；第三，被告味觉异常灵敏，能准确分辨糖的性质，用这种原理可预测糖尿病，及早治疗。以上情况，请审判长加以考虑。"

旁听席上议论开了……

长颈鹿便宣布暂时休庭，在合议庭进行合议。

半小时后，继续开庭审理。在一片肃穆的气氛中，响起了长颈鹿洪亮的声音："苍蝇犯有危害人类健康罪，应当判处死刑；但考虑到苍蝇尚可利用、改造，经过合议，本庭决定，从轻判处无期徒刑，并呼吁人类对其监督改造。"

旁听席上掌声雷动……苍蝇泪流满面。

171

第九部分 蝴蝶在飞翔

我的努力，他看见了

张灵敏

周围一片漆黑，我摸不着方向，就用脑袋拼命往外挤。因为母亲告诉过我，只要努力，就能看到外面的世界。努力是什么？努力就是要尽自己最大的力量去做！

我已经伤痕累累，周围的石子扎得我生疼，但我还是拼了命地往外挤，我一定要离开这个可怕的地方，我要出去！

眼前终于有了一丝光亮！可是，很快，我又失望了——这是什么地方呀，寸草不生，下面是一眼望不到底的深谷，四周都是光秃秃的石头，我只是一棵小小的竹子，这里，能容我生存下来吗？

一阵风吹来，我瑟瑟发抖，正想乞求风快点停下来，却马上听到风带来的远方的兄弟姐妹们"簌簌——沙沙"的低语声，他们正在把母亲的话重复：努力吧，努力！我摇摇晃晃地挺在风里，软软的身体几乎要被折断。我使出浑身的力气，把疼痛的脚依然往那硌人的石缝里扎；我努力地聚集自己的力量，想把它传递到我的身体里，好让身体坚硬一些，再坚硬一些，来对抗这峭壁上风的肆虐。

一天，又一天；一年，又一年。我几乎用爬行的姿态生长着。但我一直努力着，我发现，只要我努力，居然没有谁能阻挡我的力量。

尽自己最大的力量去做——原来，最大的力量真的这么了不起！

我从容地站在了峭壁间。就在这时，我生命中重要的一天到来了。

我看见一个满脸愁云一袭长衫的中年人，坐在我前面的一块石头上，举目四望，眼睛里都是迷惘，时不时地发出一两声长叹。我不知道他怎么了，但是我看得出他极其沮丧，就像我从前面对这片荒芜的石头时那样。

我想告诉他：努力吧。

我用力摇动我的身子，发出"沙沙"的声音，又用细竹枝扫下一些细石子，落在他的脚下。他发现了这一细微的变化，抬起头来看见了我。

那是怎样的眼神啊，他盯着我浑身上下看了一遍又一遍，眼睛里满是惊讶。他久久地立在那里，然后，若有所悟地点了点头，大踏步地离开了。

过了不多久，他又折回来，手里拿着笔墨，双腿盘坐在我面前的大青石上，泼墨挥毫：咬定青山不放松，立根原在破岩中。千磨万击还坚劲，任尔东西南北风。

我的眼睛湿润了——我的努力，他都看见了。

他的眼睛里流露出淡定的笑——他是真的懂了，只要努力，你的力量就会无坚不摧。

（指导教师：马二兰）

第十部分

夏日的记忆

妈妈问

你为了啥

我默默地没有回答

奶奶问

孩子你为了啥

我的泪流满了脸颊

我要让他们和我一样

再有一个温暖的家

——陈美琪《灯下》

灯 下

陈美琪

灯下
妈妈正翻找衣服
我问妈妈
为啥
妈妈只说了一句话
灾区风浪太大

灯下
奶奶摸出床底的旧纸匣
我问奶奶
为啥
奶奶只说了一句话
灾区的孩子都没了家

灯下
我捧出儿时储蓄盒
妈妈问
你为了啥
我默默地没有回答
奶奶问
孩子你为了啥
我的泪流满了脸颊
我要让他们和我一样
再有一个温暖的家

枯 红

陆依笛

当秋风萧瑟

枫叶燃烧

那开在河岸的花

那花有白色的裙角

有红色的笑容

当秋雨像眼泪般

滚过

当秋风像鲜血般

割破

终于，终于，花儿枯萎

终于，终于，花瓣零落

终于，在秋天

黄昏下

花儿只剩了一根光秃秃的茎

它，枯萎了

它的花瓣在土地上

——腐烂

路人走过，看到一朵枯花

瞧啊，把它拔掉，拔掉

别让它占了我的土地

于是，在那时

花没有了支撑它梦的花茎

可是，人们没有看到
在泥土里
深深埋藏着一颗花种
在地层下，深深的
它在燃烧
它在召唤
终于，来年的春天
在河岸边，在那枯萎的土地上
有一朵花
——它在欢笑……

红烛的心

商圆圆

轻轻地您走来了
您在风里
播下了梦想的种子
经过阳光的洗礼
凝固了记忆的冰
开始一点一滴地融化
然后汇聚成海
无奈，蓦然回首
您已两鬓斑白

（指导教师：江煜）

179

年轻，我们一起体验

董嘉雯

紫荆花开的季节

粉红与洁白铺满我们相遇的路

婉约与动人似乎不是最重要的主题

浅浅一笑才是最佳的默契与暗号

长长的走廊尽头

新鲜地保存着你的理想

灯光闪烁的大舞台

是我内心宽广无垠的向往

有泪的时候尽情挥洒

有笑的时候开怀畅饮

用笑掩饰落下的泪

用泪点缀飞扬的笑

亲密相伴与挥手告别

淡淡的光阴里

灌溉我们美丽的青春年华

还有那

最真、最纯的体验

（指导教师：吕耿銮）

蜡　烛

陈雯雯

蜡烛，
有人说：
你总是燃烧自己，
照亮了别人。

又有人说：
你太小气，
只给了人们一线光亮，
却还要流着伤心的眼泪。

181

其实，
人生何尝不像蜡烛，
在议论的夹缝里生存？

夏日的记忆

程文静

看云的侧脸
在最寂寞的时候
投来斑斑暗影
时间一如既往地走过
怀念占据了生命的每一个旅程

微微泛黄的夏日
古老的风吻过脸颊
那些有关青春的誓言
被风吹得支离破碎
如同一场华丽的盛宴

生命中每一次感动都很珍惜
怕错过你给我的美好回忆
总是很小心地等待
与你相依，听雨落的声音
你的身影凄美，让我泪眼蒙眬

那些青涩往事
不可预知的未来和爱
就这样被雨淋湿
淌进我荒芜的心上
浮出一大片对夏日的依恋

没来得及说再见

岁月轮回交替
夏日的季风拂动年华
一抹一抹涂在天空
雷撕心裂肺地呐喊
我的世界都在下雨

第十部分　夏日的记忆